D1747295

Rolf Ulrici
Ein Zug verschwindet

Ein Spezialzug, im Volksmund »Silberblitz« genannt, verschwindet spurlos auf freier Strecke! Ist so etwas überhaupt möglich? Die Kriminalgeschichte kennt nur einen einzigen Fall dieser Art, als in den USA der Salonzug eines Milliardärs abfuhr — und niemals den Zielbahnhof erreichte ...

Hier liegt der Fall verzwickter: Der »Silberblitz« wird während der ganzen Fahrt elektronisch überwacht! Er gibt noch per Sprechfunk seine Ankunft durch — also scheint alles in Ordnung. Doch dann summt im Stellwerk das Telefon — und der Zielbahnhof meldet: »,Silberblitz' spurlos verschwunden!«

Wieder ein toller Fall für Kommissar Rose und sein junges Team, allen voran Superhirn, der auch dieses unlösbar scheinende Rätsel löst ...

Rolf Ulrici

Ein Zug verschwindet

W. Fischer-Verlag · Göttingen

Illustriert von FRANZ REINS

ISBN 3-439-82820-4

1. Auflage 1982

© 1982 by W. Fischer-Verlag, Göttingen
Alle Rechte vorbehalten
Gesamtherstellung: Fischer-Offset-Druck, Göttingen

Inhalt

Ein Zug verschwindet —
und Superhirn kommt zu spät　　　　7

Geklaut, abgestürzt —
oder explodiert?　　　　20

Rätsel um den Lokführer Otello —
Eine Lehrerin taucht auf　　　　35

Liegt der »Silberblitz« im Meer?
Superhirn verrät ein Geheimnis　　　　43

Ein Schutzhelm, Pik-As —
und ein verdächtiges Foto...　　　　54

Auf den Spuren des Geisterzuges —
doch die Spur löst sich auf　　　　65

Noch eine Unbekannte —
und etwas Unsichtbares!　　　　83

Der Knoten platzt —
ein Totgesagter erscheint!　　　　95

Ein Zug verschwindet —
und Superhirn kommt zu spät

»Still, Sultan«, beschwichtigte der Nachtpförtner seinen Schäferhund. Und zu sich selber sagte er: »Es ist nichts. Nichts. Nur der Nachtzug, der verdammte Nachtzug.« Er straffte die Leine, so daß er den zitternden Leib des Hundes an seinem Knie spürte. Weiß der Teufel, dachte er, der Zug ist noch nicht zu hören — aber Sultan hat wohl so etwas wie ein inneres Vorsignal. Das erklär mir mal einer!

Die Julinacht am Atlantik — nahe der Girondemündung — war warm, wenn auch ein wenig feucht. Noch zwanzig Kilometer landeinwärts spürte man die Brise der See. Dunst lag über Weinfeldern, Weiden und Brachland. Die Wolkendecke gab den Mond nur selten frei. Mit dem unruhigen Hund stapfte der Pförtner Morant über das Werftgelände, am Zaun entlang, der dem Verlauf des Treidelpfades und dem Kanal folgte. Bei der hintersten Halle leuchteten Scheinwerfer. Dort legten zwei Arbeiter und ein Gehilfe letzte Hand an ein hochgebocktes Austernboot.

Die Nachtschicht war nötig geworden, weil die Decksdübel nicht rechtzeitig eingetroffen waren.

»Der Hund ist ein Menschenfresser!« meinte der Gehilfe Edi mißtrauisch. Er trat zur Seite und griff nach seiner Bierflasche. »Halten Sie das Biest fest, Morant. Ich will nicht als Knochenbündel heimfahren.«

Morant kicherte. »Keine Angst, Edi. Du bist erst gestern gekommen, und deine Arbeit fällt ausgerechnet in unsere Geisterstunde. Sultan tut dir nichts. Er hat's in der Nase, daß du zu uns gehörst. Aber es ist zu komisch: Immer, wenn der 'SILBERBLITZ' fällig ist, kriegt er das Kribbeln.«

»‚SILBERBLITZ'?« fragte Edi verständnislos.

Der ältere Arbeiter oben auf dem Boot mußte lachen. »Ein Privatzug von der Küste. Vom Cap Felmy. Letzter Schrei der Technik. Fast so einer wie die Schienentorpedos in Japan. Na ja, er kommt ja auch aus dem Brossacer Forschungsinstitut. Bringt jede Nacht geheimes Zeug aus den Labors nach Buronne an die Hauptbahn.«

»Waaas?« Edi stellte die Bierflasche ab. »Ich hab sechs Monate in 'ner japanischen Autofabrik gearbeitet. Ich kenn die ‚fliegenden Torpedos', diese Wahnsinnszüge mit fast dreihundert Stundenkilometern! Und jetzt ist man dabei, Loks zu testen, die über den Schienen schweben, die sollen noch schneller sein. So ein Ding habt ihr hier?«

»Ganz so wild sind wir nicht!« grinste der andere Arbeiter. »Der ‚SILBERBLITZ' ist nichts weiter als 'ne Werkbahn: Diesellok, ein paar Waggons mit Kleincontainern, aber alles schnittig und sauber, prima isoliert. In hellen Nächten denkst du, da zischt 'ne Silberschlange vorbei!«

Sultan winselte.

»Da kommt er!« bemerkte Morant. »Das ist der SILBERBLITZ!«

Edi trat an den Zaun und blickte über den Kanal. In nordöstlicher Richtung sah man die starken Scheinwerfer wie zwei stechende, bösartige Augen.

Der Hund begann zu jaulen.

Edi drehte sich kurz um. »Aber man hört ja gar nichts!«

»Sultan hat andere Trommelfelle«, behauptete Morant. »Es hängt wohl auch damit zusammen, daß ...« Er brach ab, denn der Gehilfe stieß einen Ruf des Erstaunens aus. An der Böschung, über die der Zug heransauste, befand sich ein Peitschenmast mit ziemlich hellem Licht. Als der SILBERBLITZ daran vorbeifuhr, sah man die Stromlinienhaube der Lok mit den Cockpitfenstern: gleichsam ein Flugzeug ohne Tragflächen.

»Donnerwetter!« flüsterte Edi. »Das soll ein Werkzug sein? Dann aber sicher die rassigste aller Kleinbahnen! So'n Ding möcht ich haben!«

Das Mondlicht gab für einen Moment die Uferträger der alten Kanalbrücke frei. Edi wandte seinen Blick dorthin, um den SILBERBLITZ in seiner ganzen Schnittigkeit zu sehen. Doch die Pfeiler versanken wieder im Wolkendunkel, ohne daß die Scheinwerfer der Lok sie gestreift hätten.

Sultan heulte laut. Morant hatte Mühe, ihn zu halten und zu beschwichtigen. Inzwischen rief Edi entsetzt: »Was ist das? Der Zug ist weg! Verschwunden! Er kam nicht über die Brücke! Er ist — er ist wie vom Erdboden verschluckt!«

Die drei Männer lachten. Der ältere Werftarbeiter sagte gemütlich: »Merkst auch alles, Edi. Der SILBERBLITZ fährt nicht über die Brücke. Wär auch ein Wunder. Das ist 'ne alte Hebebrücke, und der Übergang ist hoch oben an den Pfeilern arretiert. Siehst du den Schatten?«

»Ach ja«, entgegnete Edi ein wenig beschämt. »Hätt ich mir denken können. Wunderte mich vorhin schon, was das Ding da oben soll.«

»Schrott, der auf Demontage wartet«, erläuterte der jüngere Bootsbauer. »Früher ging da die Austernbahn von Brossac-Baie nach Royan. Die Brücke wurde per Dampfkraft runtergelassen und immer gleich wieder hochgeschoben, damit die Kanalschiffe passieren konnten. Jetzt werden die Austern in Lkws transportiert. Die Bahntrasse nach Royan ist wegen der Hotels und Campingplätze abgerissen worden. Der SILBERBLITZ fährt unter dem Kanal durch und macht dann einen langen Schleif nach Buronne!«

Edi drehte sich unwillkürlich nach Südwesten. »Aber wo ist der Zug geblieben? Er taucht ja nirgends wieder auf!«

»Er fährt unterirdisch weiter«, murrte der Nachtpförtner, den das genauso zu irritieren schien wie seinen Hund. »Er saust durch einen langen Tunnel aus vergrabenen Fertigteilen. Fast wie durch 'ne Pipeline.«

»Dann kann ich ja lange glotzen«, sagte Edi achselzuckend. »Und warum benimmt sich der Köter so komisch? Der müßte sich doch an den Zug gewöhnt haben.«

»Der Boden vibriert unmerklich«, versuchte Morant zu erklären. »Wir spüren das nicht. Aber der Hund kriegt das in die Pfoten.« Er fügte hinzu: »Horcht! Die

Schafe dahinten, die haben sich noch immer nicht beruhigt!«

Man hörte vielstimmiges, leises Blöken von irgendwoher aus der Nacht.

»Die Vögel aus den Hecken und Büschen fliegen jedesmal hoch, lange bevor die Lokscheinwerfer in Sicht sind«, sagte der ältere Arbeiter, »wie bei 'nem fernen Erdbeben, das unsereiner nicht wahrnimmt. So — aber nun ran! Meiner Mutter Sohn will Feierabend machen, bevor die Sonne aufgeht!«

Der Nachtpförtner schnalzte mit der Zunge und stapfte weiter, nachdem er Sultans Hals beruhigend getätschelt hatte. »Den SILBERBLITZ wirst du noch oft genug erleben, Edi!« rief er über die Schulter zurück.

»Na klar«, murmelten die Bootsbauer, die bereits wieder über ihrer Arbeit waren. Keiner der vier Männer ahnte, daß er den SILBERBLITZ zum letzten, zum allerletzten Mal gesehen hatte ...

Knapp zehn Stunden später trafen fünf Jugendliche aus einer anderen Richtung und in einem ganz anderen Zug, nämlich dem Pariser »Atlantik-Expreß« der Staatsbahn, in Buronne ein: die Geschwister Henri, Tatjana — genannt Tati —, ihr jüngerer Bruder Micha und Henris Freunde Gérard und Prosper. Ihr Endziel war das Brossacer Forschungsinstitut, dessen Werkzeug SILBERBLITZ um ein Uhr in der Nacht gestartet war. Doch davon wußten die Ankömmlinge nichts. Obwohl sie schon öfter Feriengäste des Instituts am Cap

Felmy gewesen waren, hatten sie den SILBERBLITZ nie kennengelernt. Der Werkbahnbetrieb lief erst seit Februar des Jahres ...

»Leg Loulou das Halsband um«, ermahnte Tati den jüngeren Bruder. Der schwarze Zwergpudel war der unzertrennliche Begleiter der Gruppe. Noch hatte der Expreß den Bahnhof nicht erreicht, aber alle standen schon mit ihren Campingbeuteln vor der Waggontür. Es war ein sonniger Vormittag, und sie brannten darauf, ins Freie zu gelangen.

»Gleich raus, zum Packwagen, die Fahrräder geschnappt — und ab nach Brossac«, drängte der zapplige Prosper.

»Ich wollte, ich sähe einen Fußballplatz«, seufzte Gérard, wegen seines Hobbys und seines Rundschädels oft als »Fußballkopf« gehänselt.

»Surfen, segeln, tauchen, fischen, faulenzen«, schwärmte Micha. »Tati melden wir zum Sommer-Tanzkurs an. Und — und ...«

»Sachte, sachte«, unterbrach der besonnene Henri. »Wird sich alles finden. Erst müssen wir im Bahnhof sein.«

Doch kurz vor der Einfahrt auf Gleis 1 hielt der Atlantik-Expreß.

»W-w-was ist denn nur los?« rief Prosper.

Tati drückte ihre Nase an ein Fenster. »Ich dachte, Buronne wäre ein ‚aufstrebendes Seebad'. So steht's im Prospekt. Dabei besteht die Gegend nur aus Schienen.«

»Jede Menge«, bestätigte Gérard. »Haupt- und Nebengleise, Schmalspur, Rangieranlagen ... Hier hat 'n Riese seinen Sammeltick ausgetobt.«

Die Anreise über Buronne war für die fünf etwas Neues. Bisher waren sie auf Autostraßen nach Brossac gelangt.

»Vier Minuten Verspätung«, stellte Henri fest. »Na ja, das bißchen Warten schadet Freund Superhirn nichts.« Marcel, der Sechste im Bunde, der seinen Spitznamen seiner Blitzgescheitheit verdankte, wollte Tati und die Jungen abholen, um mit ihnen gemeinsam zum Brossacer Forschungsinstitut am Cap Felmy zu fahren. Sein Vater hatte dort gearbeitet, bevor er ein afrikanisches Projekt übernahm, und der Sohn und seine Freunde waren gern gesehene Feriengäste dort. Besonders in diesem Jahr, denn seit einiger Zeit leitete Superhirns Patenonkel, Professor Victor Kyber, das Institut.

Der Expreß hielt noch immer vor dem Bahnhof.

Hinter den Jugendlichen stauten sich Reisende mit ihrem Gepäck im Gang. »Ich verpasse den Anschluß nach Royan!« rief eine Frau. Da knackte es in den Waggonlautsprechern:

»Durchsage des Zugführers! Zug steht auf freier Strecke, noch nicht in der Station! Das Aussteigen ist verboten! Wer das Verbot mißachtet, riskiert in eine Polizeiaktion zu geraten. Achtung ...«

»Po-po-polizeiaktion?« stammelte Prosper. »W-w-was heißt denn das?«

»Fahndung nach Schmugglern«, vermutete Gérard. »Da! Polizisten mit Schäferhunden!«

»Wo? Wo? Wo?« rief Micha. Er zwängte sich neben Tati und preßte sein Gesicht an die Scheibe. »Ja! Ich seh sie! Aber es sind auch Soldaten da. Und Feuerwehrmänner!«

»Vielleicht brennt der Bahnhof«, meinte ein Mann mit spöttischem Grinsen.

»Was wird aus meinem Anschluß nach Royan?« ließ sich die Frau wieder hören. »Gleis 7 oder Gleis 8! Wie komme ich da hin?«

»Durch den Rauch!« sagte der Witzbold.

»Quatsch — Rauch!« murmelte Henri. »Keine Spur davon! Und nirgendwo ein Löschfahrzeug...«

»Achtung!« ertönte die Stimme des Zugführers wieder. Zur gleichen Zeit spürte man einen leisen Ruck. »Der Atlantik-Expreß fährt jetzt in die Station von Buronne ein. Bitte öffnen Sie die Türen erst beim endgültigen Halt. Ende der Durchsage.«

»Na also!« Tati atmete auf. »Wahrscheinlich ist nur irgend so ein Kesselwagen leck. Oder es war Fehlalarm. — Da sind wir. Seht euch gleich nach Superhirn um!«

Auf dem Bahnsteig fand sich die Gruppe mit Pudel und Campingzeug von eiligen Reisenden umgeben, die den Ausgängen zustrebten. Das Mädchen hob den Hund hoch. Micha kämpfte heftig gegen den Strom, Prosper folgte in der Aufregung dem allgemeinen Gedränge.

»Hierher!« rief Henri. »Zusammenbleiben! Sieht jemand Superhirn?« Zu diesem Zeitpunkt war die fahrplanmäßige Ankunftszeit bereits um vierzehn Minuten überschritten.

»Warten wir, bis die Leute weg sind«, schlug Gérard vor. Er spähte an der Wagenkette des Expreßzuges entlang. »Vorn ist Superhirn nicht. Hinten auch nicht.«

Tati horchte auf. »Da dröhnt wieder ein Lautsprecher. Wahrscheinlich der Fahrdienstleiter.« Sie drückte den zappelnden Pudel an sich.

Der Bahnsteig lichtete sich allmählich. Bald standen die Gefährten allein, und Superhirn war immer noch nicht aufgetaucht!

»Komisch«, meinte Henri. »Superhirn ist sonst doch 'ne lebende Stoppuhr. Sein ‚Timing' hat sonst immer geklappt...«

Tati schüttelte den Kopf. »Hier ist doch mehr los, als ich dachte: Man hat den gesamten Zugverkehr von und nach Buronne eingestellt. Alle Strecken sind gesperrt. Für die Reisenden stehen Busse bereit.«

Henri blickte in die Luft. »Schon der vierte oder fünfte Hubschrauber, der über dem Bahnhof kurvt. Die suchen was. Ja — es macht genau den Eindruck, als wären die auf was ganz Bestimmtes aus!«

»Und da drüben steht ein Eisenbahnkran«, bemerkte Gérard. »Habt ihr je so ein Mordsding gesehen? Ein Militärgerät! Und die Soldaten sind Eisenbahnpioniere!«

»Tati hat recht«, murmelte Henri. »Hier ist mehr los als bloß ein läppischer Kesselwagen-Defekt. Es muß was ganz, ganz Dolles sein!«

»He, was steht ihr da herum?« rief ein Uniformierter. Es war kein Ortsgendarm, kein gewöhnlicher Polizist, sondern ein Beamter der Bahnpolizei. »Eure Fahrräder? Bleibt, wo ihr seid, die werden euch gebracht!«

»Kinder, ist der aber nervös!« bemerkte Tati. »Überhaupt, wenn ich mich so umschaue: Ich habe selten so nervöse Männer erlebt!«

Alle blickten dem Elektrokarren entgegen, der ein Rollgestell mit Fahrrädern heranzog. Da erklang hinter ihnen eine atemlose Stimme:

»So — da bin ich ...!«

Die fünf fuhren wie elektrisiert herum. Es war Superhirn!

Sie schwiegen verdutzt, während Loulou freudig bellend an dem spindeldürren Jungen hochsprang. Superhirn trug eine Strandmütze mit grünem Schirm, der seinem Gesicht einen käsigen Schimmer verlieh. Die Augen hinter den dicken Brillengläsern wirkten unnatürlich groß.

»Tut mir leid«, sagte er hastig. »Wollte eigentlich schon nachts mit dem SILBERBLITZ kommen, irgendwo im Schlafsack pennen und in der Bucht von Buronne baden ...«

»Und da hatte dich ein Fisch an der Angel«, versuchte Micha zu spaßen.

»Laß mich erst mal ausreden«, entgegnete Superhirn. »Der Lokführer der Brossacer Werkbahn fuhr ohne mich. Hatte sich's anders überlegt — im letzten Moment. Mein Rad könne nicht mit, meinte er.« Nach einer Pause fügte er hinzu: »Ein Glück, denn sonst stünde ich jetzt nicht hier!«

»Ein Witz, was?« grinste Gérard. »Weil der Kerl von der Werkbahn — wie heißt sie? SILBERBLITZ? — dich ‚abgeblitzt' hat, kommst du zu spät?«

»Im Institut laufen sie wie die aufgescheuchten Ameisen herum«, berichtete Superhirn. »Ich packte mein Rad also auf einen Lkw, der hierherfuhr. Vorher hab ich mit den Suchtrupps in Tunnels geschnüffelt, leider vergebens!«

»Ver-vergebens ...?« fragte Prosper ahnungsvoll.

»Der SILBERBLITZ ist nämlich — verschwunden«, sagte Superhirn dumpf.

»Der — der ...« Selbst Henri fand keine Worte. »Die neue Werkbahn? Die vom Brossacer Institut nach Buronne? Die — ist weg ...?«

Superhirn nickte. »Spurlos. Als hätte sich der SILBERBLITZ in Luft verwandelt. Man sucht ihn seit Sonnenaufgang auf allen Schienen. Hubschrauber kreisen über der ganzen Gegend. Im Meer, vor den Klippen, steht ein Taucherboot. Aber bis jetzt immer nur: Fehlanzeige, Fehlanzeige!«

Die Ankömmlinge kramten schweigend nach ihren Gepäckscheinen und nahmen ihre Fahrräder entgegen. Tati begriff, was für sie alle das wichtigste war:

»Und mit dem SILBERBLITZ, dem Zug, der verschwunden ist, wolltest du fahren, Superhirn?«

»Ja!«

»Dann können wir aber wirklich von Glück reden«, sagte das Mädchen energisch. »Wo hast denn du dein Rad? Komm jetzt! Wir besprechen die Sache unterwegs...«

Superhirn deutete meerwärts. »Bei Haute-Buronne fährt der SILBERBLITZ an der Steilküste lang. Und zwar dreißig Meter über dem Atlantik.«

»Ha!« rief Micha. »Dann ist er abgestürzt . . .!«

»Abgestürzt!« wiederholte Gérard. »Klar! Was denn sonst?«

»Natürlich«, rief Tati. »Es wäre nicht die erste Bahn, die in einen Abgrund gefallen ist!«

»Die Hubschrauberpiloten scheinen das aber nicht zu glauben«, stellte Henri fest. »Seht! Sie suchen immer weiter landein. Wo kreisen sie jetzt? Das ist doch die Gegend, wo das römische Amphitheater ausgegraben wurde!«

Die Freunde fuhren jetzt in zwei Gruppen über einen staubigen Feldweg.

»Abgestürzt . . .?« griff Superhirn die Vermutung Michas wieder auf. »Ich muß euch enttäuschen. Es stimmt zwar: Der SILBERBLITZ folgt zehn Kilometer der hohen Felsenstrecke, auf der früher ein Touristenbähnchen verkehrte. Fünf Kilometer Tunnel, dann fünf Kilometer ‚Balkon', also freie Trasse — mit einer starken Mauer zum Meer. Die Mauer ist aber an keiner Stelle beschädigt oder gar durchbrochen.«

»Dann ist er explodiert!« rief Prosper. »Hast du nicht gesagt, das war ein Laborzug? Sicher hat er hochbrisante Ladung mitgeführt. Sprengsäure, Feststoff-Proben für Raketen, vielleicht sogar Raketenmodelle!«

»Nein«, widersprach Superhirn entschieden. »Stellt eure Phantasie mal auf Sparflamme. Der SILBERBLITZ hatte überhaupt nichts Sensationelles geladen. Das ist's ja gerade, und deshalb sind die Männer alle so ratlos.«

»Aber wenigstens was Teures muß doch drin gewesen sein«, meinte Tati beinahe ärgerlich. »Elektronenmikroskope vielleicht, Forschungskameras, oder Platindrähte, Industrie-Diamanten — meinetwegen ein Koffer mit Geheimformeln!«

Superhirn lachte. »Blumenkästen! Der Zug transportierte alte Blumenkästen zum Wegschmeißen! Wert — gleich Null!«

»Gleich Null? Du willst uns wohl verklapsen«, begann Gérard. »Alte Blumenkästen . . .«

Doch Superhirn fuhr ungerührt fort:

»Alte Blumenkästen, du hast richtig gehört. Dazu ein paar Schippen Sand, etwas Asche, unbrauchbar gemachte Folien, die Trümmer einer Tiefkühltruhe — ich sagte: die Trümmer!«

»Trümmer!« ächzte Micha.

»Jawohl. Und paßt gut auf: zerstückelte Bodenbeläge, massenweise welkes Wurzelzeug, 'ne Menge Wasserkanister zum Vernichten, zerfetzte Laborkittel, kaputte Handschuhe, gebrauchte Watte, ganze Ballen schmutziger Zellstofftücher und — Glasbruch. Glasbruch in jeder Form: Scherben, Splitter, Staub!«

Micha fiel fast vom Rad. »Dann war das ja ein — ein Müllzug . . .!«

»Na, na«, bremste Henri. »Das klingt, als wärst du jetzt beleidigt. Aber weg ist weg. Und das Rätsel ist dadurch nicht gelöst, daß es nicht der Paris-Lyon-Expreß war.«

»Ich hab das so verstanden, als wär der SILBERBLITZ was ganz Besonderes gewesen«, maulte Micha, »ein schnittiges, rassiges Schmuckstück für blitzblanke Laborgeräte, aber keine alte Dreckschleuder.«

Die Freunde fuhren durch ein kleines Dorf und hatten eine Weile damit zu tun, die verschiedensten Hunde abzuwimmeln, die sich mit Loulou bekannt machen wollten.

Der Weg führte nun durch weithin unbebautes, brachliegendes Land. Etwa zehn Minuten strampelten sie zwischen Buschwerk und Hecken wilder Brombeeren dahin. Die Sonne stand hoch am blendend weißen Himmel, der für das ganze Gebiet nahe der Atlantikküste so typisch war. Zum Glück wehte fortwährend ein leichter, erfrischender Wind.

»So, Micha!« rief Superhirn plötzlich in alarmierendem Ton. »Nimm mal den Kopf hoch, guck nach vorn, etwas weiter links, ja? Da hast du deine Dreckschleuder...!«

Auch die anderen hoben die Köpfe. Das Radeln auf den Sandwegen hatte sie ermüdet — und die Düsterkeit des Geschehnisses bewegte ihre Gemüter. Um so erregter, ja, ermunternder, wirkte der Anblick, der sich ihnen unversehens bot.

In der angegebenen Richtung flimmerte Wasser vor ihnen wie ein grünbetupfter Spiegel, offenbar sehr flach — eher ein schier grenzenloser Sumpf. Wie der

Abschnitt eines riesengroßen Kreises, wölbte sich eine lange, schattenhafte Biegung darüber hin. Bei näherem Hinsehen war aber nur der Ansatz jeweils an den Ufern des Geschimmers bogenartig, die Verbindung stellte eine Gerade dar. Und sie war keine Fata Morgana, denn sie wurde durch Pfeiler gestützt.

»Ei-ei-eine Brücke . . .!« stotterte Prosper.

Achtlos warfen die Jungen ihre Räder hin, nur Tati nahm den Pudel aus dem Korb, bevor auch sie zum Wegrand strebte, um die unerwartete »Erscheinung« zu bestaunen.

»Hier herrscht starker Dunst«, erklärte Superhirn. »Ihr habt eure ‚Stadt-Augen' mitgebracht und seid noch nicht daran gewöhnt.«

»Na, so viel seh ich jedenfalls«, sagte Tati ruhig, »daß das nicht nur eine Brücke ist, sondern eine Überführung auf Stelzen, wie bei Stadtbahnen — na, und bei Autobahnen. Aber . . .«, sie stutzte, ». . . das ist gar keine so wuchtige Sache. Das ist — Himmel, das ist eine ‚Silberschlange', ein Zug! Das muß doch — das muß . . .«

». . . sag's ruhig: der SILBERBLITZ sein«, vollendete Superhirn. »Ist er aber nicht, sondern sein ‚Bruder', der SILBERBLITZ II, der allerdings nur zu Meßzwecken dient. Äußerlich gleicht er dem verschwundenen Zug wie ein Ei dem anderen. Na, Micha? Wie findest du diese Art von ‚Dreckschleudern'?«

»So was Schönes hab ich noch nie gesehen!« erklärte der Jüngste in seiner Verwirrung.

Doch die Geschwister und die Freunde begriffen, wie er das meinte. Er hatte sich ja eine Reihe von rollenden, bedeckelten Mülleimern vorgestellt! Jetzt aber stand da auf der Überbrückung eine Stromlinienlok, makellos mattsilbern in der Sonne blinkend, schlank wie ein Blitzzacken, niedrig, geduckt: Ein kleiner Windhund auf dem Sprung! Und die vier Wagen hingen ihr nicht etwa an wie einfache Anhänger, nein, sie schienen Teile dieser rassigen Lok zu sein . . .!«

»W-w-was will der ‚Blitz II' da?« fragte Prosper beeindruckt. »Ich seh darunter was Schwarzes, Pontons oder so was Ähnliches!«

»Soldaten stochern im Sumpf herum«, erkannte Superhirn. »Und mit dem Ersatzzug will man die Fahrt der Unglücksbahn nachvollziehen, um Anhaltspunkte für ihr Verschwinden zu finden. Aber der SILBERBLITZ kann da nie und nimmer reingefallen sein, denn der Wassermatsch ist flach.«

Henri meinte: »Wenn der SILBERBLITZ so aussah wie der Zug da auf der Pfeilerstrecke — na, toll! Spitze! Eine hochmoderne Isolierbahn! Und dein ‚Müll', Superhirn, war tödlicher Abfall, stimmt's? Virusverseuchte Pflanzen wahrscheinlich samt der Erde aus Laborversuchen, Bakterienwasser, Reagenzglasbruch, Lappen und Beläge mit Säure- und Kontaktgiftschäden. Die Container sollten in Buronne in einen Entsorgungszug umgeladen werden, Ziel: geheime Gift-Deponie! Hab ich recht?«

»Wer hat denn Interesse an solchem Zeug?« rief Tati. »Ich meine: falls man die ‚Entführung' des Zuges vermutet!«

»Ha, ich weiß ...!« triumphierte Micha. »Die Verbrecher wollten nicht den Müll, sie wollten den Zug! Es gibt 'ne Menge Hobby-Eisenbahner — und wenn ich einer wäre, ich würde mich auf solche Flitzer stürzen!«

»K-k-klar ...!« Prosper zeigte den gleichen Eifer: »Micha trifft den Nagel auf den Kopf. In Buronne hat man den SILBERBLITZ auf ein falsches Gleis dirigiert. Ganz einfach!«

»So. Ganz einfach. Und das wäre die Lösung?« Superhirn grinste spöttisch. »Und daran hätten die Fahnder noch nicht gedacht?«

»Aufs Nächstliegende kommt man oft nicht«, brummte Gérard.

»Verwette deinen Fußballkopf, Gérard«, erwiderte Superhirn, »aber die Mühe wäre zu groß und zu teuer, eine Bahn zu ‚verschieben', die man auf der Messe in Hannover kaufen kann. Die Firma Krappe und Schmoll stellt solche Werkzüge her. Einige davon laufen in südafrikanischen Diamantminen. Ach — und das Wichtigste ...«

»Jaaa ...?« fragten die anderen wie aus einem Munde. Was nun kam, war wirklich eine »Bombe«.

»Der SILBERBLITZ paßt auf keine fremde Schiene«, erklärte Superhirn. »Und andererseits: Kein fremder Zug kann auf der SILBERBLITZ-Strecke fahren — außer seinem Doppelgänger dort auf der Überführung. Unser Werkbahngleis hat weder Normal-, noch Kleinbahn- oder Feldbahnspur, sondern Spezialbreite — etwa zwischen Feld- und Kleinbahnmaß.«

Gérard machte ein Gesicht, als hätte er soeben das »Tor des Monats« am eigenen Leibe erlebt. Bevor jemand seiner Verblüffung Ausdruck geben konnte, kam von Osten her ein Geräusch. Es kam rasch näher und erfüllte die Luft mit immer stärkerem Maschinendonner.

»W-w-was ist das . . .?« schrie Prosper.

Er hielt sich die Ohren zu. Die anderen duckten sich unwillkürlich. Der Pudel sprang wie besessen auf dem Feldweg hin und her. Ein gewaltiger Schatten flog in geringer Höhe über die Gruppe hinweg, ein Hubschrauber, aber kein gewöhnlicher: Es war ein Militärtransporter, und zwar einer der drei größten und modernsten, die Frankreich zu bieten hatte.

»Ein ‚Suiza' vom Typ ‚Atleth'!« brüllte Henri. »Was will denn der hier?«

Superhirn deutete zur Hochtrasse, die das wässrige gelände auf Pfeilern überspannte. Der Hubschrauber flog darauf zu und querte sie dröhnend. Dann wendete er. Auf der Stelle schwankend, hielt er sich so tief wie möglich über dem SILBERBLITZ-Zwilling.

»Mensch, der fegt den Zug glatt runter!« befürchtete Micha.

Durch die Luft pendelten Trossen. Die Männer auf den Schienen — putzig klein, fast wie Scharnierpüppchen — duckten sich unter den baumelnden Seilen und Haken.

»Was sagst du nun, Superhirn?« rief Gérard. »Man glaubt also doch an ‚Verschiebung' — aber durch die Luft! Man stellt dem Raub per Hubschrauber nach!«

Superhirn schüttelte den Kopf. »Man prüft nur die Möglichkeit. Ein heimlicher ‚Klau' durch so ein donnerndes Monstrum? Ausgeschlossen!«

»Herrscht nicht Nachtflugverbot im Sommer?« überlegte Tati. »Die Campingplätze sind nicht weit. Ein Hubschrauber dieser Art hätte Steine aufgeweckt.«

»Seht!« sagte Superhirn. »Man merkt schon, daß der Versuch zwecklos ist. Die Maschine schwenkt ab. Sie kann zwar schwerere Dinge heben als eine Werkbahn. Aber die Sache hier würde Vorbereitungen an Ort und Stelle benötigen: also Lärm, Lärm und nochmals Lärm. Und Zeit! Zeit, die der SILBERBLITZ einfach nicht hatte.«

Der Hubschrauber entfernte sich nach Nordosten.

»Vorsicht, da kommt ein Auto!« warnte Prosper. Ein grüner Sportwagen schnurrte über den Feldweg heran. Die Gefährten zerrten ihre Räder zur Seite. Tati griff nach dem Pudel. Aber das Auto hielt, und eine modisch frisierte Dame in flottem weißem Strandkleid stieg aus. Ihre Augen hatten etwas Jugendliches, doch ihr Blick versprühte Zorn.

»Ich dachte, es wäre Polizei hier«, begann sie ohne Gruß. »An die Strecke, dort, komm ich nicht ran! Was ist das für ein Theater — nun sogar schon am Tage? Meine Schülerinnen wollen eine Polizeistreife gesehen haben. Ich würde den Beamten was hinter die Ohren schreiben: Der Zug muß weg! Dieser alberne SILBERBLITZ!« Sie sah zur Trasse hinüber. »Die ganze Überführung muß abgerissen werden!«

Die Geschwister und Freunde warfen sich Blicke zu.

»Ihre Schülerinnen, sagten Sie?« nahm Tati höflich das Gespräch auf. »Sie sind Lehrerin? Haben die Mädchen keine Ferien?«

»Ich bin die Direktorin des Schulheims ,La Rose'«, entgegnete die Frau. »Meine Anstalt ist gleichzeitig

Ferienheim.« Ohne die Jungen weiter zu beachten, fuhr sie fort: »Ich heiße Ladour, Yvette Ladour.«

Sie hielt sich an Tati, die ihr vertrauenerweckend erschien. Inzwischen spähten die anderen durch die Hecke hügelwärts.

»Da ist das Heim!« raunte Micha. »,La Rose'! Ich seh die Fahnenstange mit blauem Tuch und aufgestickter gelber Rose. Piekfeines Haus. Wie'n Hotel!«

Das stufenförmige Gebäude war dem Abhang eingepaßt. Die Terrassendächer schmückten prächtige Blumen. Und die Anordnung der Blumen auf dem Plateau ließ erkennen, daß es dort Sport- und Spielplätze gab.

»Ich möchte wissen, wie ich da jetzt hinkomme, wo der Zug steht«, sagte die Direktorin laut zu Tati. »Ein Weg führt dort nicht hin, nun gut. Dann werde ich verlangen, daß der Lokführer entlassen wird.«

Superhirn fuhr herum. Auch die anderen horchten auf.

»Ja, der Lokführer!« wiederholte Madame Ladour. »Dieser Schienen-Casanova! Ein eitler, eingebildeter junger Geck! Filou, Hallodri, Allerweltskerl! Er verdreht meinen Mädchen die Köpfe! Und das — letzte Nacht — war der Gipfel. Der Bursche macht einen Zirkus aus meinem Heim. Er reißt die Mädchen aus den Betten . . .«

»Der Lokführer?« vergewisserte sich Superhirn.

»Wer denn sonst?« rief Madame Ladour. »Nachts war der Teufel los! Er hatte das angekündigt, und ich bin extra aufgeblieben, um alles festzuhalten — auf Band und Film: Punkt 1 Uhr 30 fuhr der SILBERBLITZ auf die Hochstrecke. 45 Sekunden später verschwand er im Schacht nach Belle-Buronne. Aber solange er im Freien fuhr, hat er ununterbrochen geblinkt und die Sirene heulen lassen.« Sie wendete sich wieder an Tati: »Er macht ja jedesmal Unfug, der Herr ‚Ritter vom Silberblitz', aber diesmal übertraf er sich selbst. Er weiß, daß die Mädchen nicht schlafen, bevor er seine ‚Nachtvorstellung' gegeben hat. Sie hingen aus den Fenstern, schwenkten Taschenlampen, und eine blies auf einer Trompete, die sie weißgottwoher hatte. Das reicht mir nun. Der Bursche kriegt eine Anzeige!«

»Madame«, sagte Superhirn schnell, »Sie haben den SILBERBLITZ gesehen? Er hat nicht angehalten, sein Tempo auch nicht verringert? Er kam pünktlich wie immer? Er tauchte aus dem Röhrenschacht auf, blieb 45 Sekunden auf der Überführung und verschwand am anderen Ende im Boden, ohne daß etwas Ungewöhnliches geschah...?«

»Nichts Ungewöhnliches? Der Lokführer Otello — ja, so heißt er tatsächlich —, dieser Otello hatte auf der Post einer meiner Schülerinnen angekündigt, er würde ‚Remmidemmi' machen, besonderen ‚Jokus' — oder wie er sich ausdrückte. Soll das vielleicht nichts Ungewöhnliches sein?«

»Ich meine...«, Superhirn räusperte sich, »haben Sie einen Hubschrauber gehört? Ist so ein Riesending — wie eben — hier herumgebraust?«

»In der Nacht? Das fehlte noch!« sagte die Direktorin. »Nein, nein. Von einem Hubschrauber ist keine Rede. Der SILBERBLITZ hat mir genügt. Und wenn der Lokführer nicht rausfliegt, entlasse ich seine Verlobte — denn die ist bei mir Lehrerin!«

Diese unerwartete Eröffnung traf die Gefährten wie ein Schlag. Tati fand als erste Worte:

»Wenn seine Verlobte im Heim wohnt, wollte er sicher nur ihr ein Zeichen geben.«

»Sie hat einen Bungalow am Strand bei Palmyre geerbt«, erwiderte die Direktorin. »Nachts ist sie niemals hier. Ja, und wenn man noch dazu mit einem hochbezahlten Lokführer verlobt ist, dann kann man natürlich leben wie ein Feriengast. Aber das wird sich ändern!«

»Ich fürchte«, sagte Superhirn ernst, »es hat sich schon geändert. Der SILBERBLITZ ist in der Nacht verschwunden, und mit ihm der Lokführer.«

»Aber«, begann Madame Ladour, »dahinten, auf der Überführung . . .«

». . . steht nur der Zweitzug«, unterbrach Superhirn. »Ich wundere mich, daß Sie von dem Fall noch nichts wissen! Wenn die Verlobte des Lokführers Ihre Angestellte ist . . .«

»Sie hat Urlaub, die Susanne«, murmelte Madame Ladour. »Aber wo kann der Zug verschwunden sein? Ist er ins Meer gestürzt? Den größten Teil der Strecke fährt er doch unterirdisch. Und, wie gesagt, dahinten auf der Überführung sah und hörte ich ihn in der

Nacht. Kein Zweifel. Ich habe Beweise. Und Zeugen! Viele Zeugen!«

Der Direktorin war nichts weiter anzusehen. Aber Tatis Augen weiteten sich. »Entschuldige, Superhirn«, sagte das Mädchen, »es ist uns noch gar nicht richtig klar geworden, daß auch Menschen verschwunden sein könnten. Sehr dumm von uns, aber es kam alles so überraschend.«

»Das will ich meinen«, bestätigte Gérard.

»Auch vom Zugbegleiter hat man keine Nachricht«, ergänzte Superhirn. »Er hieß — er heißt Alfons. Ich habe aber nur Otello vor der Abfahrt noch gesprochen.«

»Nun, der Rundfunk wird ja was durchgeben, und in der Abendzeitung steht sicher ein Bericht«, meinte Madame Ladour. Kopfschüttelnd stieg sie in ihr Auto. Die Gefährten blieben in einer Staubwolke zurück.

»Micha ist schlecht geworden«, bemerkte Henri.

»Kein Wunder!« rief Tati. »Glaubt ihr, meine Knie zittern nicht? Außerdem ist Mittag vorbei. Wir brüten in der Hitze, und gegessen haben wir noch nichts, außer Schokolade und Keksen im Expreß. Fahren wir jetzt endlich in unser Quartier!«

Sie radelten weiter »querbeet«. Bis zum Damm der alten Austernbahn sahen sie die SILBERBLITZ-Strecke nicht mehr. Superhirn zeigte auf Wiesen und Weinfelder, unter denen die Schienen durch das Röhrensystem führten. Man bemerkte nur hier und da kleine hydrantenähnliche Gehäuse im Boden: die Entlüfter...

Am frühen Nachmittag fuhr die Gruppe durch Brossac-Centre, und bald erreichte sie ihre Ferienunterkunft, den alten Leuchtturm beim Forschungsinstitut.

»Ich lebe auf«, seufzte Tati. »Ein Bad, ein kühler Raum...«

»... und was zu essen!« stöhnte Gérard.

»D-d-dann sehen wir weiter«, japste Prosper.

Rätsel um den Lokführer Otello —
eine Lehrerin taucht auf

»Ihr habt euch wirklich den rechten Moment ausgesucht!« klagte die Wirtschafterin, die die jungen Gäste im alten Turm empfing und zu betreuen hatte. Sie hieß Dydon, doch die Freunde hatten sie stets nur »Dingdong« genannt. »Ach, und der Micha ist gewachsen! Und zu Tati muß man wohl bald ‚Sie' sagen, wie?«

So ging das ohne Punkt und Komma. Loulou sprang freudig an ihr hoch. Er witterte einen Begrüßungstrunk und einen entsprechenden Happen.

»Hat euch Superhirn von dem verschwundenen Zug erzählt?« wandte sich Madame Dydon an die Geschwister und Prosper und Gérard.

»Wir haben nichts anderes vor Augen als silberne Blitze«, stöhnte Henri. »Was wir jetzt brauchten, wär 'ne Erfrischung!«

»Steht schon bereit, steht schon bereit!« strahlte die Frau. »Aprikosen-Kaltschale, Bratenstücke mit Kartoffeln und Salat, Milch oder Saft dazu . . .«

»Gehen wir erst in unsere Zimmer«, entschied Tati. »Unsere Koffer sind ja schon da.«

Superhirn folgte ihr mit dem hopsenden Hund in den Küchen- und Eßraum, während die anderen in ihre Quartiere strebten.

»Gibt's was Neues?« fragte er.

»Es ist ein Kommissar aus Rochefort angelangt«, berichtete Madame Dydon, während sie dem Jungen ein Glas Milch auf den Tisch stellte.

»Und?«

»Der Kommissar meint, der SILBERBLITZ kann nicht weg sein. Lokführer und Begleiter hätten ihn in Buronne in einen Schuppen geschoben, um sich in Ruhe zu besaufen. Sie lägen noch irgendwo schnarchend im Kraut.«

Superhirn sprang auf. »So ein Blödsinn. Ich war doch in Buronne, um die Freunde abzuholen! Und da bin ich vorher noch wie ein Wilder zwischen den Suchtrupps rumgelaufen. Was ich gehört habe, ist mehr als unheimlich!«

»Was denn?« forschte die Frau.

»Der SILBERBLITZ war bereits in den Staatsbahnbereich eingefahren. Er stand schon 150 Meter vor dem Ziel! Ja, Madame, ich weiß mehr, als die Leute denken! Der SILBERBLITZ kam aus dem Werkbahntunnel raus und blieb — wie immer — vor der Signalampel stehen, um das vereinbarte Hupsignal zu geben: Erbitte freie Fahrt zur Gift-Entladerampe! Mindestens zehn Arbeiter der Nachtschicht beschwören, den haltenden Zug gesehen und seine Hupe gehört zu haben.«

»Und dann war er weg?«

»Genau! Aber er paßt auf keine Normalschiene, also kann er sich nicht über die Verschiebegleise ‚verdrückt' haben. Ebensowenig fand man Spuren, etwa einer heimlichen Verladung, auf Lkw-Transporter.«

»Ziemlich viele Widersprüche«, meinte Madame Dydon. »Du bist also davon überzeugt, daß der Zug weg ist. Andererseits glaubst du — wie der Kommissar: Er kann gar nicht verschwunden sein!«

»Genau das ist das Problem«, nickte Superhirn. »Die Fahnder sehen es aber nur zur Hälfte. Meiner Meinung nach haben wir es mit einem unglaublichen Verbrechen zu tun!« Er gähnte. »Aber ich muß mich unbedingt einen Moment aufs Ohr legen. Ich habe seit sechzehn, siebzehn Stunden nicht geschlafen.«

Er verließ den Raum gerade, als die Geschwister sowie Prosper und Gérard zurückkamen.

»Superhirn verbirgt uns was!« meinte Tati.

»Sollen sich die Erwachsenen die Köpfe zerbrechen«, lenkte Madame Dydon ab. »Der SILBERBLITZ wird schon wieder auftauchen.«

»Das meinen Sie doch nicht im Ernst«, sagte Henri kopfschüttelnd.

Nach dem Imbiß stiegen er und Gérard zur Aussichtsplattform empor, um die Such-Hubschrauber zu beobachten. Tati saß am Radio und wartete auf eine Durchsage.

Prosper meldete vom Portal her: »Auf dem Institutsgelände steht ein Ü-Wagen vom Fernsehen, solche Dinger kenn ich. Auch Pressefahrzeuge scheinen da zu sein, jedenfalls wimmelt es von Leuten mit Fotoapparaten!«

»Ist mir schnuppe!« Tati faßte einen Entschluß: »Wir bleiben hier, bis wir Näheres wissen! Wir haben heute genug in der Hitze geschmort. Ich schlage vor, wir packen erst mal in Ruhe unsere Koffer aus...«

Madame Dydon fuhr in ihrem Kombiwagen — ihrer neuen Errungenschaft — nach Brossac-Centre, um Einkäufe für das Abendessen zu machen. Als sie kurz nach 18 Uhr zurückkam, saßen ihre Schützlinge beim Tee. Auch Superhirn war wieder dabei. Er sah erstaunlich frisch aus, obwohl er kaum zwei Stunden geschlafen haben konnte. Nur Micha saß vor seiner Tasse, als bedrücke ihn irgend etwas.

»Nun, wie ist die Stimmung im Ort?« fragte Prosper neugierig.

»Ach...«, Madame Dydon winkte ab. »Man redet das unsinnigste Zeug. Besonders die alte Tante des Lokführers meint, sie wüßte schon alles.«

Superhirn horchte auf: »Was will sie wissen? Was — genau?«

Madame Dydon lachte ärgerlich. »Daß die Bahn verhext worden ist! Es läge ein Fluch über der Strecke, auch wenn die Schienen erneuert wurden.« Sie unterbrach sich und wandte sich zum Eingang, denn der Pudel bellte. »Ist da jemand?« rief sie.

»Entschuldigen Sie«, ertönte eine weibliche Stimme. »Ich suche hier jemanden . . .«

Eine junge Frau, eher noch ein junges Mädchen, kam herein. Sie trug einen blauen Blusenanzug mit aufgestickter gelber Rose am Kragen, dazu einen gleichfarbigen Schal. Ihr dunkles Haar war zerzaust, ihr Gesicht auffällig blaß. Nur mit Mühe hielt sie sich auf den Füßen.

Micha rutschte vom Stuhl und wich an die Wand zurück, als sähe er ein Gespenst. Den anderen fiel das nicht weiter auf, denn auch sie starrten die Besucherin an.

»Mein Gott, Mademoiselle Susanne!« rief Madame Dydon.

»Susanne?« murmelte Gérard. »Das muß die Lehrerin sein, die Braut vom SILBERBLITZ!«

»Ich wollte mit meinem Auto an die Bahnstrecke ran«, berichtete Susanne stockend. »Aber die Polizei ließ mich nicht durch, auch nicht zu Fuß. Ich hab ja alles viel zu spät erfahren. Otello wollte nach dem Dienst mit seinem Motorrad nach Palmyre kommen. Bis fünf Uhr früh lag ich wach, dann nahm ich eine Schlaftablette. Erst mittags stand ich auf, ich glaubte, er hätte mich mal wieder sitzenlassen, um einem Freund bei einer Reparatur zu helfen. Das tat er — das tut er öfter, und er kümmert sich dann um keine Zeit. Nun, ich war ärgerlich und ließ das Telefon klingeln. Dann arbeitete ich im Garten, und erst vor eineinhalb Stunden nahm ich den Hörer ab. Aber nicht

Otello war am Apparat, sondern eine Schülerin. Sie hatte von der Direktorin erfahren, daß der SILBERBLITZ verschwunden sei...«

»Nun setzen Sie sich da in den Sessel«, versuchte Frau Dydon sie zu beruhigen. »Das wird nichts anderes sein als eine ungewöhnliche Panne! Man tappt ja völlig im dunkeln.«

Die Lehrerin blickte auf. Fassungslos fragte sie: »Ja, wissen Sie denn noch nichts? Der SILBERBLITZ ist gefunden worden!«

Tati und die Jungen rührten sich nicht auf ihren Plätzen. Micha stand noch immer an der Wand. Und ausgerechnet er war es, der mit rauher Stimme fragte:

»Wo...?«

»Auf der Felsenstrecke«, erwiderte Susanne. »Das heißt: Nicht darauf, sondern darunter. Die Trümmer liegen im Meer.«

»Ausgeschlossen«, meinte Superhirn. »Ausgeschlossen! Wer hat Ihnen das gesagt?«

»Ich erfuhr es eben im Stellwerk. Dort hörte ich auch, daß hier ein Junge ist, der als letzter mit Otello sprach.«

»Der Junge bin ich«, erklärte Superhirn. »Aber ich glaube auf keinen Fall, daß sich jetzt die Wassergeister mit Ihrem Otello unterhalten.«

»Superhirn...!« rief Tati entsetzt. Doch er bekam Schützenhilfe von unerwarteter Seite:

»Ich glaube es auch nicht!« sagte Micha fest.

Tati trat rasch neben Susanne und stützte sie: »Mein Bruder und Superhirn sind ziemlich taktlos und vorlaut, aber sie meinen es nicht so.«

»Ich meine es genau so, wie ich es sage«, beharrte Superhirn.

»Ich auch!« erklärte Micha standhaft.

»Es ging mir nur darum, zu hören, ob Otello vielleicht krank war. Oder — ob er was getrunken hatte«, fuhr die Lehrerin mit schwacher Stimme fort.

Superhirn schüttelte den Kopf. »Er war stocknüchtern. Er machte mir klar, daß er mich nicht mitnehmen könne, weil mein Rad nicht in den Führerstand der Lok passe. Denn da habe er schon sein Motorrad stehen. Er wolle von Buronne aus zu seiner Verlobten fahren. Das behauptete er wenigstens.«

»Superhirn . . .!« mahnte Tati wieder.

»Nun ja . . .«, Superhirn sprach etwas freundlicher: »Ich kannte ihn ja kaum. Ich wußte nur, daß er bei der Herstellerfirma dieser SILBERBLITZ-Züge angestellt war, bevor er hierherkam — und daß er sie in aller Welt auf Industriemessen vorgeführt hat. Wir hatten noch keine Zeit gehabt, uns anzufreunden.«

»Keine Zeit — ja . . .«, hauchte Susanne. Sie stand jetzt zwischen Madame Dydon und Tati. Sie schwankte. »Die Kanzel der Lok hat man geborgen. Auch das Motorrad . . .«

»Achtung!« rief Henri unterdrückt. Er und Gérard sprangen hinzu, denn die Lehrerin knickte bewußtlos zusammen.

»Aufs Sofa mit ihr!« keuchte Madame Dydon. »Das arme Kind!«

»Und der blöde Affe!« betonte Micha. »Der blöde, blöde Affe, der die Trümmer aus dem Meer gefischt haben will!«

»Der war ich!« sagte ein Mann von der Tür her. »Jedenfalls war ich es, der als erstes das Taucherschiff vor den Steilhang beordert hat!«

Auf der Schwelle stand Professor Kyber, Chef des Forschungsinstituts und zugleich Superhirns Onkel. Selbst für die, die ihn noch nicht kannten, war kein Irrtum möglich: Er trug seinen Namen in unübersehbaren Buchstaben auf der linken Brustseite seines weißen Anzugs. Und auf seinem Schutzhelm, der ebenfalls weiß war, stand in signalroten Lettern:

CHEF...

Liegt der »Silberblitz« im Meer? — Superhirn verrät ein Geheimnis

Professor Kyber unterschied sich in vieler Hinsicht von seinen Vorgängern. Er war klein, schlank, fast zierlich. Niemals fiel er aus der Rolle, Ungerechtigkeit und Übereifer lagen ihm fern. Auf den ersten Blick mochte man meinen, er neige zur Nervosität, doch auch das täuschte. Superhirns Vater hatte einmal gesagt: »Ein lebhafter Geist mit einem Gemüt aus Stein.«

Er nickte den Geschwistern und ihren Freunden flüchtig zu und betrachtete das junge Mädchen auf dem Sofa.

»Die Braut des Lokführers«, erklärte Superhirn.

»Ich weiß«, nickte Kyber. »Man sagte mir im Stellwerk, daß sie herkommen wollte.« Er blickte hoch: »Ihr scheint nicht glauben zu wollen, daß der Zug ins Meer gestürzt ist?«

»Nein. Er stand ja schon vor dem Ziel — der Giftentsorgungsrampe«, sagte Superhirn. »Ich sprach in Buronne mit dem Werkbahnmeister und einigen Bahnarbeitern, die den SILBERBLITZ dort pünktlich und heil gesehen haben!«

»Die sind einem typischen ‚Gewohnheitsirrtum' zum Opfer gefallen«, entgegnete Kyber ungerührt. »Auch die Theorie des Kommissars aus Rochefort ist unhaltbar.«

»Das glaube ich«, sagte Superhirn. »Trotzdem kommt ein Unfall für mich nicht in Frage!«

»Für mich auch nicht!« erklärte Micha mit erstaunlicher Beharrlichkeit.

Kyber lächelte dünn. »Und ihr bleibt dabei? Obwohl unser Taucherboot die ersten Beweisstücke geborgen hat? Na, dann komm mal mit, Superhirn. Du auch, da — der Kleine, der so ungläubig guckt!«

»Ich heiße Micha!« sagte der »Kleine«.

Kyber sprach mit Madame Dydon ein paar Worte, die Otellos Verlobte betrafen. Dann fuhr er mit Superhirn und Micha im Auto zum benachbarten Institut hinunter. Die ganze Anlage mit den gepflegten Bauten, Grünflächen und dem Hangar machte eher den Eindruck einer eigenen, kleinen Stadt als den einer Anstalt. Doch hinter den Fassaden arbeitete hochqualifiziertes Personal an einem breitgefächerten Forschungsprogramm.

»Onkel Victor!« sagte Superhirn, bevor sie in den Chefhubschrauber umstiegen. »Onkel Victor, ich wette tausend zu eins, daß ihr euch da an eurem ‚Unfallort' in einer Sackgasse verrennt! Der SILBERBLITZ kann nie und nimmer ins Meer gestürzt sein. Die Schwachstelle am Steilhang paßt als Lösung so prima wie der Deckel auf einen Topf!«

»Nimm an, die Container mit dem Labor-Müll wären aber doch im Wasser«, erwiderte Kyber, »und die bombensicheren Behälter wären gegen jede Wahrscheinlichkeit undicht geworden: Wie stünde ich vor der Welt denn da? Gewiß, die Ladung wurde vorher sterilisiert. Doch es gibt hochresistente, nahezu unvernichtbare Viren, und wir haben keine Erfahrung, wie die sich auf Dauer zum Meeresplankton verhalten. Es treten sowieso genug rätselhafte Seuchen auf, gegen die es keine Impfstoffe gibt. Also muß ich auf jeden Fall dort suchen lassen, wo die größte Gefahr besteht. Und ich weiß nicht, ich weiß immer noch nicht, was du eigentlich willst! Wir sind ja bereits bei der Bergung!«

Superhirn schwieg, doch er biß sich auf die Unterlippe, als müsse er gewaltsam eine Mitteilung zurückhalten ...

Die Maschine hob sich vom Boden und knatterte in den rotgold blendenden Himmel hinein. Südwestlich machte die Küste einen weiten Bogen, so daß sie diagonal fliegen mußten.

Unten sah man den Damm der Austernbahn, über den die neuen Schienen führten. Der Strang verlief dann in der Erde weiter. Bis zum Anschluß an das Bett des längst vergessenen Touristenbähnchens tauchte das SILBERBLITZ-Gleis nur ein einziges Mal wieder auf: in der Nähe der Mädchenschule »La Rose«.

Um Siedlungs- und Ferienschwerpunkte nicht zu berühren, wand sich der unterirdische Röhrenschacht in Schlangenlinien. Der SILBERBLITZ mußte zwischen Brossac-Institut und Buronne-Einfahrt 60 km zurücklegen, während die Freunde am Vormittag »querbeet« nur 39 km gestrampelt waren.

Der Hubschrauber mied die belebten Strände, folgte dem breiten Gürtel der herrlichen Strandsandkiefern, die von vielen Sommergästen fälschlich »Pinien« genannt wurden, ließ die »Küste der Schönheit« mit ihren Palasthotels, Promenaden und Mietbungalows hinter sich und steuerte das Klippengebiet der »Todeszunge« hinter der verrotteten alten Essigfabrik an. Hier begann das felsige Gelände von Haute-Buronne, bis zum Jahre 1914 ein beliebtes Ausflugsziel, seitdem — aus vielerlei Gründen — immer wieder zur Sperrzone erklärt.

Professor Kyber landete auf dem Plateau, wo einige der kleinen Diensthubschrauber parkten, die sich an der Suche beteiligt hatten.

»Zur Strecke führt eine Leiter hinunter«, erklärte Kyber.

Der Vorsprung bildete eine Art Längsbalkon, auf dem das neue Gleis von Tunnel zu Tunnel zwischen Felswand und Schutzmauer verlief. Hinter dieser Mauer führte ein dreißig Meter hoher Steilhang direkt ins Meer. Wegen unterseeischer Zuflüsse wirkte sich hier die Ebbe kaum aus, und das Taucherboot stand in ungünstigster Position.

»Die Froschmänner sind ja lebensmüde«, murmelte Micha.

Gruppen von uniformierten Helfern diskutierten mit Zivilisten, die Kyber als »Experten« bezeichnete. Vor den Tunnels sah man einfache Schienenautos. Aber auch eine bullige Lok mit der Spurweite des verschwundenen Zuges war da. Sie hatte den kleinen, schweren, äußerst leistungsfähigen Bergungskran des Werkbahnbetriebs herangebracht.

Den Ingenieur, der die Aufsicht führte, verband Sprechfunk mit dem Taucherboot. Die Trommel des Krans begann sich zu drehen, und bald erschien über der Mauer das Motorrad, das die Froschmänner unten geborgen hatten.

»Ist das Otellos Maschine — oder ist sie es nicht?« wandte sich der Professor an Superhirn. Doch statt des Jungen antwortete ein Polizist:

»Einwandfrei. Marke und Kennzeichen sind mir bekannt!«

Er wiederholte das einem Mann gegenüber, den er mit »Kommissar Lenninger« anredete. Das war der Kriminalist aus Rochefort. Natürlich sahen die Jungen auch Brossacer Beamte. Aus früheren Ferientagen gehörten die ja fast schon zu ihren Freunden.

»Mensch!« Micha stieß Superhirn an. »Ein tolles Motorrad, 'ne ‚Hummel-Yazuki' — deutsch-japanisches Modell!«

Woher sich der Lokführer Otello den teuren Feuerstuhl hatte leisten können, kümmerte im Augenblick niemanden. Selbst Superhirn hatte noch nicht darüber nachgedacht.

Um über die Schutzmauer meerwärts blicken zu können, mußte man zwei Leisten aus Beton erklimmen. Die Sonne blendete noch stark vom westlichen Horizont. Die vorgelagerte Festungsinsel Kastell Roc erschien wie ein Schattenriß.

Superhirn war mit einem Zentimetermaß beschäftigt, als Micha ihn wieder am Hemd zupfte. »Von der Lok haben sie nichts geborgen als einen Teil des Dachs. Vom Führerstand aber nicht die Spur!«

Dieser Führerstand — das wußten sie jetzt zur Genüge — ähnelte äußerlich dem Gehäuse eines Flugzeugs. Viele »große« Loks wurden längst so gebaut:

etwa wie die Maschine des »Lyon-Champions«. Das war also nichts Neues.

Superhirn knurrte: »Ich bin nicht blind, Micha. Was sie da aus dem Wasser gezogen haben, ist der hochklappbare Einstieg der Lok-Kabine.«

In diesem Augenblick rief ein Mann vom Schienenkran herab: »Der Fall liegt für mich klar, meine Herrschaften. Der SILBERBLITZ ist ohne menschliches Verschulden über die Mauer ins Meer gestürzt — oder besser: geflogen. Ich will das erläutern!«

»Was ist denn das für ein Spinner?« raunte Micha.

Aber schon sagte der Mann: »Sie wissen, ich bin vom Technischen Überwachungsverein. Wir kennen solche Fälle. Sehen Sie bitte die Markierung an der Innenseite der Unglücksstelle!«

Die Leute auf dem Gleis wandten sich um und reckten die Hälse.

»Hier ist im Jahre 1913 eine Aussichtsbahn mit drei Personenwagen in die Tiefe gestürzt!«

»Da war der TÜV-Heini noch nicht auf der Welt«, ärgerte sich Micha.

»Still!« Superhirn lauschte angespannt.

»Der Zug verunglückte damals aufgrund einer Erscheinung, die wir den ‚Miller-Effekt' nennen!«

»Den ‚Miller...' waaas...?« fragte ein Polizist.

Der TÜV-Sprecher erklärte: »Walt Miller war ein New Yorker Hochbahn-Experte. Er hatte sieben ähnliche Abstürze untersucht, bis er auf folgendes kam: Ein fahrender Zug ist weitgehend mit einem Hohlkörper in einer Art Schwebezustand zu vergleichen. Fährt er nun an einer Wand entlang, hat er von dort keinen Luftwiderstand. Kommt jetzt — wie in unserem Fall — ein Windstoß von der Seeseite, so wird der Zug an die Wand geschleudert, prallt dort ab, hebt sich und saust wie ein Pfeil schräg vorwärts über die Mauer!«

»Auch in unserem Fall?« meldete sich der Polizist wieder. »Sie meinen doch das Unglück von 1913!? Da verlief das alte, hochbordige Gleis viel dichter an der Felswand, und zur Seeseite gab es keine Schutzmauer, soviel ich hörte. Wer will denn das mit dieser SILBERBLITZ-Anlage vergleichen?«

»Erst im vorigen Jahr ist der Balkan-Expreß nach dem ‚Miller-Effekt' verunglückt«, konterte der Herr vom TÜV. »Und auf allen Autobahnen gab es massenweise Unfälle nach ähnlichem Prinzip. Ja, man kann das sogar auf bestimmte Flugkatastrophen in den Bergen übertragen.«

»Quatsch«, murmelte Superhirn. »Ich kenne den ‚Miller-Effekt'. Auch die Theorie vom fahrenden Zug als ‚Teilvakuum' — die ist sogar noch viel älter. Aber ich sehe hier keine Schramme auf der Mauer. Weder Kratzer, Splitter, Schleifspuren . . .«

Er unterbrach sich, denn sein Onkel kam auf ihn zu.

»Na, was sagt ihr nun?« fragte er.

»Daß das unmöglich stimmen kann«, rief Superhirn. »Der SILBERBLITZ hat sich ja dicht vorm Ziel noch mal gemeldet — da hatte er diese Stelle längst heil hinter sich!«

»Und hier ist nichts kaputt!« bekräftigte Micha.

»So. Und was ist das da...?« fragte Professor Kyber in bedeutsamem Ton. Er wies auf die Leiste an der Mauer: »Ein zerschmetterter Meßkasten!«

Es handelte sich um eins der Geräte, die auf der gesamten Strecke den Achsdruck, somit auch die Achsfolge in Bildschirm-Impulse für das kontrollierende Stellwerk umsetzen. Das Kästchen, nicht größer als eine Sardinenbüchse, war von der »Spurensicherung« der Kripo mit weißem Streupulver »abgegrenzt« worden, außerdem lag jetzt eine durchsichtige Folie darüber.

Superhirn betrachtete das zerbrochene Gerät. Dann starrte er den Professor an: »Da hat die Bergungslok was drauffallen lassen oder der Kranwagen: vielleicht einen Haken?!«

»Der Führer der Bergungslok hat den Kasten gleich heute morgen als beschädigt gemeldet«, erwiderte Kyber.

Superhirn lachte, doch es klang nicht fröhlich:

»Läßt du dir diesen dicken Bären aufbinden, Onkel? Der SILBERBLITZ ist hier vorübergefahren — er ist hier vorübergefahren wie geschmiert! Man hat ihn bis Buronne-Einfahrt auf dem Bildschirm gehabt, und der Computer im Stellwerk spuckte den kompletten Fahrtenschreiber aus, den Papierstreifen mit den Meßdaten!«

»Phantom-Meßwerte, Schein-Daten!« mischte sich Kommissar Lenninger ein. »Als der Kasten hier zertrümmert wurde, übertrug sich die Vibration auf das Meldesystem der restlichen Strecke. Eine ‚technische Gehirnerschütterung', verstehst du? Die kann in jedem TV-Sender, in jedem Kraftwerk, in jeder Telefonzentrale vorkommen. Selbst bei der Staatsbahn sind ähnliche Pannen möglich!«

Der Kranführer trat an Kyber heran und sagte: »Das Taucherschiff meldet die Bergung des Zugbegleitersitzes samt angehängter Proviantasche. Man ortet eine größere Menge Metall, anscheinend den abgestürzten SILBERBLITZ. Aber die Flut setzt jetzt voll ein. Für heute empfiehlt es sich, die Sucharbeit abzubrechen!«

Professor Kyber nickte. Er wandte sich Superhirn wieder zu, doch der Junge schüttelte den Kopf.

»Ausgeschlossen, ausgeschlossen!« beharrte er. Und mit gedämpfter Stimme gestand er dem Onkel: »Ich hab's für mich behalten wollen, aber ich sehe, es geht nun nicht mehr...«

»Was...?« fragte Professor Kyber. »Was wolltest du für dich behalten?«

»Daß ich es war, der den SILBERBLITZ auf seiner letzten Fahrt überwacht hat! Jawohl — ich! Ich selber saß im Instituts-Stellwerk, sah die Meßwerte auf dem Bildschirm, den Fahrtverlauf auf der Leuchttafel — und den SILBERBLITZ wie im Film auf den Sichtmonitoren. Ich stand mit Otello in Funkverbindung und nahm seine Sprechfunk-Meldung ab: ‚Ende der Werkstrecke, Einfahrt Buronne-Rangierbahnhof'!«

Micha stand sprachlos da.

»Und wo ...«, begann Kyber eisig, »wo war der diensthabende Stellwerksbeamte ...?«

»Auch im Raum. Aber ihm war schlecht geworden. Er mußte sich auf die Pritsche legen. Zum Schluß stand er aber wieder auf den Beinen, und er übernahm das Telefon, als Buronne meldete: ‚SILBERBLITZ ist überfällig'.«

»Das behältst du besser für dich«, entschied Kyber. »Die staatliche Untersuchungskommission aus Paris nimmt ihre Arbeit morgen früh auf. Wir werden ja hören, was der Stellwerksbeamte bei der Vernehmung angibt. So. Ich fliege euch zurück ins Quartier. Und ich verbiete euch, den Bahnkörper und das Stellwerk zu betreten ...«

»Das ist ja ein Ding!« murmelte Micha. »Superhirn — du hast den SILBERBLITZ überwacht ...?«

Ein Schutzhelm, Pik-As —
und ein verdächtiges Foto ...

»Liegt der SILBERBLITZ nun im Meer, oder nicht?« rief Tati, als Micha und Superhirn ihr Ferienquartier betraten. Es war 20 Uhr, aber man rechnete ja nach Sommerzeit, und durch die Fenster des alten Turms leuchtete rotglühendes Abendlicht. Madame Dydon und Tati deckten den Tisch. Gérard und Prosper saßen schon da, als hätten sie den ganzen Tag noch nichts gegessen.

»Die Lehrerin Susanne, Otellos Braut, ist weg«, berichtete Madame Dydon. »Sie wollte zur Polizei, um Näheres zu hören.«

»Und Henri steht mit dem Fernglas auf der Plattform«, sagte Gérard. »Wonach er ausguckt, ist mir schleierhaft.«

Loulous Bellen im Vorraum verkündete, daß Henri bereits die Treppe herunterkam. Er hatte den Hubschrauber landen sehen.

»Na?« fragte er gespannt. »Hat man wirklich Zugtrümmer geborgen?«

»Otellos Motorrad wurde aufgefischt — und ein Teil der Lok«, erwiderte Superhirn.

»Und der Sitz des Zugbegleiters samt Freßtasche«, fügte Micha hinzu. »Das Taucherboot hat aber schon gemeldet, daß sie den ganzen SILBERBLITZ geortet hätten. Er soll durch einen Sog über die Mauer gesaust sein!«

Superhirn versuchte, die Behauptung des TÜV-Experten zu erklären.

»Das klingt doch logisch!?« meinte Henri. »Der Wind warf den Zug gegen den Felsen — und der Anprall ließ ihn über die Mauer springen!«

»Das ist reichlich ‚über den Daumen gepeilt'«, entgegnete Superhirn. »Die ganze Sache sieht so ausweglos aus, ist so unheimlich, daß man sich an jeden Strohhalm klammert...«

»A-a-aber man hat doch schon etwas!« warf Prosper ein. »Das Motorrad — und — und...«

»Ein Kaninchen aus dem Hut!« unterbrach Superhirn verächtlich. »Zauberei, Zirkusmagie — ein übler Trick!«

»Superhirn weiß schon viel mehr«, platzte Micha heraus, »und er hat uns die Hauptsache verschwiegen!«

»Fragt sich, was du uns verschwiegen hast!« konterte Superhirn. »Ich weiß erst mal, daß die Behauptung des Experten auf diesen Fall nicht paßt — mag im Jahr 1913 tausendmal ein Bimmelbähnchen an derselben Stelle ins Meer gestürzt sein.«

»Na eben, na eben!« rief Madame Dydon. »Ich erinnere mich! In meiner Kindheit hat man dauernd davon gesprochen!«

»Der ‚Miller-Effekt', von dem der Experte sprach«, fuhr Superhirn fort, »war längst vor Miller bekannt. In England machte man schon im vorigen Jahrhundert die Erfahrung, daß die schneller gewordenen Züge einander berührten, wenn sie sich auf zweigleisigen Strecken begegneten! Diesen Effekt hatte man nicht geahnt, er trat ja erst auf, als die Bahnen sprunghaft schneller wurden. Und man löste das Problem denkbar einfach: Man verlegte Doppelstrecken mit größerem Zwischenraum.«

Superhirn zog seinen Notizblock und machte eine erläuternde Skizze zu seinen Worten: »Aber wir haben es hier mit einer eingleisigen, technisch völlig einwandfreien und neuen Strecke zu tun. Eine Neigung des Zuges gegen den Fels durch einseitig fehlenden Luftwiderstand hätte keine ‚Schrammwirkung', denn das neue Gleis hatte genügend Abstand. Na, Micha, was ist dir sonst noch aufgefallen?«

»Die Schutzmauer zur Seeseite«, antwortete Micha prompt. »Sie wirkt zwar sehr niedrig, vom Plateau her gesehen — oder wenn man auf dem Kranwagen steht. Aber ich mußte erst auf eine Betonschwelle steigen, um drüberweg zu gucken!«

»Zwei Betonschwellen!« berichtigte Superhirn. »Du mußtest auf zwei Betonschwellen steigen, Längsstufen unterhalb der Mauer, jede 25 cm hoch. Ich habe sie gemessen, ich habe auch die Höhe der Mauer gemessen. Die Gesamthöhe ab Schienenkante beträgt bis zur Mauerkante 175 cm! Und der SILBERBLITZ ist nur 200 cm hoch!«

»Nun bin ich aber gespannt, was das bedeutet!« rief Madame Dydon.

»Der Fall liegt also ganz anders als das Bimmelbahn-Unglück von 1913!« begriff Gérard.

»Darauf werden die Fachleute auch noch kommen«, meinte Madame Dydon. »Aber das Motorrad und die Trümmer?« Sie schüttelte den Kopf. »Sollte Otellos Tante recht haben, daß da Hexerei im Spiel ist?«

Sie reichte Tati eine dampfende Porzellanplatte:

»So, und nun denkt mal eine Weile an etwas anderes. Laßt euch die Schinkenpastete schmecken. Ich muß nach Hause. Aber wenn ihr meine Meinung hören wollt: Otellos Verlobte ahnt mehr, als sie sagt...«

»Susanne?« fragte Tati ungläubig. »Ich fand sie nett und ehrlich, sehr nett und sehr ehrlich sogar!«

»Nichts für ungut!« rief Madame Dydon in der Tür. »Also dann: Bis morgen...«

»Stimmt«, meinte Micha, als sie abgefahren war, »Otellos Verlobte muß sogar etwas ahnen. Denn so dumm kann sie nicht sein...« Er schwieg.

Tati blickte auf. Stirnrunzelnd sah sie ihren jüngeren Bruder an. »Was ist nur mit dir los, Micha? Seit heute mittag benimmst du dich so komisch!«

»Es fing damit an, daß ihm schlecht wurde«, erinnerte sich Gérard.

»Und was meinte Superhirn, als er dich, Micha, beschuldigte, du verschweigst uns was?« rief Tati. »Und, wenn ich fragen darf, was verheimlichst du uns?«

»Frag mich lieber, was ich im Gepäck habe!« erwiderte Micha. »Den Schutzhelm des Lokführers vom SILBERBLITZ!«

»O-o-otellos Helm . . .?« schluckte Prosper.

»Den — und noch mehr! Ihr werdet euch wundern. Die ‚Bombe' liegt oben — in meinem Schrank!«

Gefolgt von dem verstörten Pudel, sausten die Geschwister und ihre Freunde ins oberste Stockwerk des Turms, wo Tati und Micha auch in diesem Jahr wieder wohnten. Micha zog aus dem Schrank den prallen blauen Beutel, in dem Superhirn einen Fußball vermutet hatte. Hastig zerrte er am Reißverschluß.

Tati rief: »Aber das Ding hast du 300 Kilometer weit mit dir herumgeschleppt! Ist das etwa deine Überraschung?«

Micha hockte atemlos auf dem Boden. Bevor er die »Überraschung« sehen ließ, sagte er: »Es waren bloß 200 Kilometer, Tati. Ich hab in Tribourg auf die Landkarte geguckt.«

»Tribourg . . .?« fragte Superhirn. »Da habt ihr doch übernachtet, ehe ihr in den Atlantik-Expreß gestiegen seid. Na und . . .?«

»W-w-wir waren in Tribourg in der Jugendherberge«, stotterte Prosper aufgeregt. »T-t-tati wollte den Ballettabend im Schloß sehen. Heute früh fuhren wir dann hierher. Als wir in Tribourg zum Bahnhof radelten, blieb Micha zurück: Er wollte sich ein Ei-ei-eis kaufen. Und dabei . . .«

»Und dabei schimpfte ein Gärtner mit mir«, berichtete Micha weiter. »Er hielt mir so 'nen komischen Helm vor die Nase und behauptete, den hätt ich in seine Beete geworfen . . .«

»Her damit!« forderte Superhirn in ahnungsvoll gespanntem Ton.

Micha nestelte etwas Ungefüges, Schwarzes aus dem Beutel. Es war ein Schutzhelm — von der Art, wie ihn das SILBERBLITZ-Personal trug. Männer mit solchen Kopfbedeckungen hatten nahe der Überführung beim Schulheim »La Rose« gestanden — dort, wo auch die Direktorin aufgetaucht war.

»Deshalb ist mir schlecht geworden«, erklärte Micha. »Begreift ihr nun?«

»Nein«, brummte Gérard.

»Dieses total verbeulte Ding ist Otellos Lokführerhelm«, sagte Superhirn langsam. »Aber noch einmal: Wooo hast du ihn her? Wirklich 200 Kilometer von hier? Nicht erst aus Buronne?«

»Ich schwör's!« rief Micha. »Ich bekam noch Ärger mit den anderen, weil ich dem verrückten Gärtner das Ding abgenommen hatte. Aber da ist 'ne kleine Silberlok mit 'nem Blitz drauf, und deshalb dachte der Alte wohl, es wär ein Kinderspielzeug. Mir gefiel die Lok auf dem Schwarz. Und ich dachte zuerst, wenn ich später mal ein Moped kriege . . .«

»Wir haben den Helm gar nicht gesehen!« beteuerte Henri. »Bloß den Beutel! Micha klaubt ja öfter allerlei Unsinn auf, um es später in sein Zimmer zu hängen! Es eilte auch sehr, heute früh. Wir mußten die Räder schleunigst in den Zug verfrachten!«

»Und auf dem Feldweg, beim Heim ‚La Rose', da dämmerte dir ein Zusammenhang?« wandte sich Superhirn forschend an Micha.

Plötzlich schwiegen alle. Superhirn hatte den Helm gedreht, und sie starrten auf einen Aufkleber, der eine gelbe Rose darstellte.

»D-d-das Wappen der Mädchenschule«, hauchte Prosper.

Micha nickte. »Das haute mich beinahe um. Beim Auspacken sah ich mir den Helm genauer an. Ihr werdet zugeben, ich habe mich toll beherrscht!«

Superhirn warf ihm einen Blick zu und öffnete eine Lasche an der linken Seite des Helms. Er zog etwas heraus: ein Kärtchen aus einem Kartenspiel in kleinem Format und ein nur wenig größeres Foto. Wortlos betrachtete er beides.

»Was ist das?« fragte Gérard. »Schlimmer als 'ne gelbe oder 'ne rote Schiedsrichterkarte ist wohl keins der Blätter!?«

»Meinst du?« fragte Superhirn zurück. »Na, dann seht euch erst einmal das Foto an!«

Die Aufnahme stellte drei Personen dar. Links einen lachenden, jungen Mann mit einem schwarzen Schutzhelm auf dem Kopf. Der Helm trug das Zeichen der Lok mit dem silbernen Blitz. In der Mitte des Bildes stand eine schicke Dame, rechts ein Mädchen von zehn, elf Jahren. Der junge Mann hatte seinen Arm um die Schultern der Dame gelegt. Sie blickte lächelnd zu ihm auf.

»Na?« drängte Superhirn. »Wer ist die Frau? Sie trägt eine gelbe, gestickte Rose am Blazer, das Mädchen neben ihr hat die gleiche Rose, nur einfacher — ich nehme an, auf den Stoff gedruckt. Sicher eine Schülerin . . .«

Endlich fand Tati Worte: »Die Frau ist die Direktorin des Mädchenheims! Madame Ladour . . .!«

»Und der junge Mann ist der verschwundene Lokführer«, fügte Superhirn dumpf hinzu. »Otello, der ‚Ritter vom Silberblitz'! Derselbe, den die Dame angeblich nicht leiden kann, ja, den sie zum Teufel wünschte! Auf dem Foto stehen sie beide da wie ein Liebespaar! Zumindest aber wie Bruder und Schwester!«

»So eine — eine Schlange!« rief Tati. »Falsch wie eine Hexe! Schimpft auf Otello, stellt ihn als einen Windhund hin, will ihre Lehrerin entlassen — nur, weil sie mit so einem verlobt ist! In Wahrheit hat sie ihn der Susanne ausgespannt! So ein schäbiges Theater!«

»J-j-ja ...!« eiferte sich Prosper. »Diese Schlange hat den SILBERBLITZ verschwinden lassen! Wie, weiß ich nicht. Aber wahrscheinlich will sie mit Otello fliehen!«

Gérard lachte. Auch Henri grinste ungläubig.

Doch Superhirn blieb ernst: »Ich will noch was über diesen Schutzhelm hier wissen: 200 Kilometer von Buronne entfernt, im nördlich gelegenen Tribourg, hat also ein Gärtner Micha das Ding angedreht! Wann war das genau?«

»Heute früh zwischen acht und acht Uhr dreißig«, antwortete Micha, »als wir zum Tribourger Bahnhof fuhren.«

»Und kurz nach zwei Uhr nachts verschwand der SILBERBLITZ«, überlegte Superhirn, »demnach ungefähr sechs Stunden, bevor dir der Lokführerhelm in die Hände kam.«

»Was ist das für eine Spielkarte, die da noch in der Helmlasche war?« fragte Gérard.

Superhirn drehte sie um: »Pik-As . . .« Und in bedeutungsvollem Ton fuhr er fort: »Das ist keine gewöhnliche Spielkarte! Die sieht nur so aus! Das ist ein Telepaß! Schaut mal, die Rückseite! Scheinbar gemustert, wie eine beliebige Rommée- oder Patience-Karte! Fährt man mit der Fingerspitze drüber, fühlt sie sich rifflig an. Wißt ihr, was das ist . . .?«

»N-n-na sag schon!« schluckte Prosper.

»Eine getarnte Folie! Eine Zugbegleit-Karte! Auf der Rückseite sind Daten gespeichert — Angaben über alles, was der SILBERBLITZ geladen hatte! Der Empfänger steckt diese Karte in ein Entschlüsselungsgerät und liest den Klartext einfach ab!«

»Wozu muß eine Begleitkarte getarnt werden?« wunderte sich Tati. »Und weshalb nimmt man dazu ausgerechnet ein Pik-As . . .?«

»Weil das bei Verlust keinem Fremden auffällt«, erklärte Superhirn. »Nimm an, du findest einen offenen Frachtbrief. Den guckst du dir wenigstens flüchtig an — und schon kriegst du mit: ‚Wagen 1 — tödliches Kontaktgift, Wagen 2 — virushaltige Objekt-Bruchstücke, lebensgefährlich!' — und so weiter. Da gehst du vor Schreck hoch wie eine Rakete, alarmierst womöglich die Öffentlichkeit — und schon hat das Forschungsinstitut den schönsten Skandal!«

»Du glaubst«, begriff Henri, »die Lösung des Falles ist das Pik-As?«

»Unbedingt!« sagte Superhirn. »Und zwar zusammen mit dem Foto!«

»Wir müssen sofort deinen Onkel anrufen«, meinte Micha. »Mir liegt der scheußliche Helm schon stundenlang im Magen, besonders, seit ich das Bild fand. Und nun noch dieses — dieses Pik-As!«

»Micha hat recht.« Henri nickte bedächtig. »Wir müssen das melden — am besten gleich die Polizei einschalten! Angenommen, jemand, der scharf wie ein Hecht auf die Ladekarte ist oder der das Foto vernichten will, rückt uns auf die Bude!«

»Himmel, ja!« hauchte Tati. »Das Zeug muß zur Polizei!«

»Ich kenne nur einen, der sofort schaltet, ohne die ganze Gegend verrückt zu machen«, erklärte Superhirn, »und das ist Kommissar Rose vom Pariser Präsidium. Der muß her!«

»D-d-der muß her...!« wiederholte Prosper erleichtert.

Auf den Spuren des Geisterzuges — doch die Spur löst sich auf ...

Von Müdigkeit überwältigt, schliefen die Freunde trotz aller Anstrengungen und Schrecknisse tief und traumlos.

Superhirn saß schon am Frühstückstisch, als sich die Geschwister mit Gérard, Prosper und Loulou einfanden.

»Ich habe in Paris angerufen«, berichtete er. »Kommissar Rose war noch nicht im Dienst. Ich erreichte ihn in der Privatwohnung.«

»Die Hauptsache ist: Kommt er her?« fragte Tati.

»Hat er dir den Spuk überhaupt abgenommen?« wollte Gérard wissen.

»Und ob!« versicherte Superhirn. »Er riet mir dringend, Michas Mitbringsel aus Tribourg geheimzuhalten.«

»D-d-den Lokführerhelm von Otello?« rief Prosper. »Am besten, wir vergraben ihn!«

»Wenn, dann nur in einer fugendichten Folie«, gab Henri zu bedenken, »sonst kommt die Spurensicherung durcheinander.«

»Zieh die Pik-As-Karte und das Foto erst aus der Lasche«, wies Superhirn Micha an.

Während die Brüder mit Prosper und Gérard Otellos verbeulten Helm an der Seeseite des alten Leuchtturms vergruben, steckte Superhirn die Pik-As-Karte sorgfältig in seine Brusttasche. Dann betrachtete er zusammen mit Tati das verräterische Foto.

»Du könntest dich sehr nützlich machen, Tati«, überlegte er. »Daß die beiden Erwachsenen auf dem Bild Otello und die Schuldirektorin sind, würde ich sogar ohne Brille erkennen. Wer aber ist das blonde Mädchen neben Madame Ladour?«

»Eine Schülerin! Sie trägt das Wappen der gelben Rose!«

»Ach, ja? Ich dachte, es wäre eine Distel!« spottete Superhirn. »Im Ernst: Wir müssen rauskriegen, wer diese Schülerin ist, wie sie heißt, woher sie stammt! Sie könnte eine Mitwisserin sein. Traust du dir zu, dich unter einem glaubhaften Vorwand in ‚La Rose' umzuhorchen? Laß aber Susanne unbedingt aus, die dürfte noch nicht wieder im Heim sein — und sie hat andere Sorgen.«

»Gib mir das Foto, damit ich mir das Mädchen einprägen kann«, sagte Tati. »Keine Angst, der Madame halt ich's bestimmt nicht unter die Nase. Verlaß dich drauf!«

Die Jungen kamen zurück und versicherten, der Lokführerhelm sei »hundesicher« vergraben worden. Loulou könne ihn auf keinen Fall ausbuddeln, denn sie hätten einen »mittleren Felsbrocken« über die Stelle gehievt.

»Hört zu!« berichtete Superhirn weiter. »Mein Onkel sitzt mit dem Krisenstab des Instituts in der Polizeitaucherschule von Ronce. Mittlerweile sind Beamte aus vier Ministerien eingetroffen: aus dem Innen-, dem Forschungs-, dem Umweltministerium und dem Ressort für Angelegenheiten des Meeres.«

»Noch jemand ohne Fahrschein?« warf Gérard grinsend ein.

»Man geht also weiter davon aus, daß der SILBERBLITZ in der Bucht von Haute-Buronne liegt«, fuhr Superhirn unbeirrt fort. »Kommissar Rose sagte mir, in Paris hielte man die ganze Sache für einen Unfall — ähnlich dem, der sich kürzlich in Schottland ereignet hat. Die Zeitungen nehmen kaum Notiz davon.«

»Das ist gut — oder?« ließ sich Henri hören.

»Ja, aber wann will Rose zu uns kommen?« rief Micha ungeduldig.

»Sobald er alle Vollmachten des Präsidenten hat«, erklärte Superhirn. »Er wird nicht verraten, daß ich ihn anrief — und was uns bisher aufgefallen ist. Er will meinen Onkel auf keinen Fall verärgern. So...«, Superhirn wandte sich an Gérard: »Tati hat schon einen Auftrag. Und du besuchst Otellos Tante, die überall verbreitet, daß der SILBERBLITZ verhext war. Stell dich als ein Freund ihres Neffen vor. Frag sie, ob du ihr was helfen kannst. Mach dich nützlich und sperr deine Ohren auf!«

»Kannst dich drauf verlassen«, erwiderte Gérard. »Und wenn ich in ihrem Garten Unkraut zupfen muß! Ich quetsche sie aus wie eine Zitrone!«

»Aber Vorsicht, daß sie dir nicht sauer wird!« mahnte Superhirn.

Prosper sollte nach Royan strampeln und von dort aus mit der Fähre zum Kastell Roc übersetzen. Ein Teil der Festung war in ein Hotel umgewandelt worden, und Superhirn wollte wissen, ob von dort aus jemand den SILBERBLITZ zur fraglichen Zeit auf der Felsenstrecke gesehen hatte. Das konnte leicht möglich sein, denn das Spielkasino auf der Insel Roc schloß erst um drei Uhr früh.

»Henri und ich fahren mit dem Bus nach Buronne«, sagte Superhirn. »Wir werden uns dort auf dem staatlichen Rangierbahnhof umgucken, besonders aber an der Werkbahnrampe, wo der SILBERBLITZ vor seinem Verschwinden schon aufgetaucht sein soll.«

»Und ich?« rief Micha.

»Du wartest auf Madame Dingdong und hältst Telefonwache ...«

Bereits kurz nach zehn Uhr verließen Superhirn und Henri den Bus aus Brossac-Centre am Bahnhof von Buronne. Auf einem Schotterweg trabten sie an dem hölzernen Wandzaun entlang, hinter dem sich das Rangiergelände befand. Man hörte das Pfeifen, Scheppern und Quietschen der Loks und Waggons, dazu die Hin- und Herrufe der Eisenbahner.

»So!« schnaufte Superhirn. Er hielt inne und sagte zu Henri: »Siehst du die Sträucherwildnis rechts? Da — ganz hinten — kommt das SILBERBLITZ-Gleis aus seinem unterirdischen Schacht. Die Felsentrasse von Haute-Buronne, wo der Zug angeblich ins Meer gestürzt ist, etwa 15 km in Richtung Cap Felmy, kann man wegen des Gestrüpps nicht sehen!«

Die Bretterwand wich einem starken Drahtzaun. Der künstliche Schlund, aus dem der verwaiste Schienenstrang in das Netz der Staatsbahn überging, gähnte schaurig — um so mehr, als das Gitter davor wie eine Reihe dünngefeilter Drachenzähne wirkte.

»Dieses Gitter«, sagte Superhirn, »ging erst herunter, als der SILBERBLITZ den Schlund in der Unglücksnacht passiert hatte. Ich sah das auf dem Überwachungsschirm im Institut! Er konnte gar nicht zurück!«

»Und wie weit ist es bis zur Zielrampe?« fragte Henri. Er blickte nach links: »Mensch, ist das ein Gewirr von Schienen!«

»Alles Breitspur, das heißt: Normalspur. Kein einziges Gleis also, auf das der SILBERBLITZ gepaßt hätte! Die letzten 300 Meter — also vom Schacht bis zur Rampe — unterstand er der Kontrolle auf dem Staatsbahngebiet!«

»Trotzdem glaubst du immer noch«, meinte Henri, »daß der SILBERBLITZ nur auf diesen letzten 300 Metern vor dem Ziel verschwunden ist?«

Superhirn nickte: »Exakt! Ich verfolgte seinen Weg auf den Bildschirmen bis zum Ende des Schachts.

Alle Kameras und Meßgeräte signalisierten: Schluß der Werkstrecke — Einfahrt Kontrollgebiet Buronne-Laderampe! Und der Lokführer Otello meldete über Sprechfunk dasselbe!«

»He!« Henri packte Superhirn am Arm. »Da steht ein Mann auf dem Gleis. Einer mit einem schwarzen Helm...«

»Ach, unser Buronner Rampen- und Bahnmeister«, erklärte Superhirn. »Er ist hier der Verbindungsmann zur Staatsbahn. Mit dem hab ich gestern früh schon gesprochen, er war vor Aufregung ‚außer Jacke und Hose'. Hm. Das scheint er auch jetzt noch zu sein...«

Der Werkbahnmeister hatte die Jungen erspäht. Mit beiden Armen wild fuchtelnd, kam er herbeigestolpert. »Was macht ihr da?« rief er. »Habt ihr fotografiert? Hier wird nicht herumgeschnüffelt!«

»Einen schönen Gruß von Otello!« rief Superhirn kalt zurück. »Stichwort: Pik-As! Er kommt heut nacht mit dem Zugbegleiter auf ein Spielchen zu dritt!«

Der Werkbahner blieb keuchend stehen. »Pik-As?« fragte er verwirrt. »Was willst du damit sagen? He...! Dich kenn ich doch?! Warst du nicht gestern schon hier? Du bist der Sohn des Forschungsleiters! Man nennt dich Superhirn!«

»Superhirn stimmt«, entgegnete der Junge. »Professor Kyber ist mein Patenonkel.«

»So! Und deshalb darfst du dreist und vorlaut sein? Ich weiß nicht, wo mir der Kopf steht — und du verhöhnst mich noch: ‚Einen schönen Gruß von Otello!'

— Wer hat Otello denn zuletzt gesehen und gesprochen, du oder ich?«

»Ich — im Stellwerk des Instituts, kurz vor der letzten Fahrt«, antwortete Superhirn.

»Und ich habe den SILBERBLITZ hier an die Verladerampe gelotst!« rief der Mann. »Ich, Franc Brasser!«

»Monsieur Brasser«, sagte Superhirn, »mein Freund Henri und ich möchten Ihnen helfen. Wir könnten gemeinsam etwas klären.«

»Klären!« Der Bahnmeister lachte bitter. »Und was klärt die Polizei? Kommissar Lenninger glaubte zuerst, der SILBERBLITZ sei hier irgendwo versteckt worden. Aber — bitte — wo...?«

Er kramte einen Schlüssel aus der Hosentasche und öffnete eine Pforte im Zaun. »Kommt mit, überzeugt euch! Superhirn mag seinem Onkel getrost erzählen, daß Franc Brasser verrückt ist. Es macht mir nichts mehr aus!«

Die Jungen stapften mit dem Werkbahner über verrostete Normalgleise, die von Unkraut überwuchert waren. Geborstene Waggons, an ihren Bestimmungstafeln noch Reste von Kreidezeichen, dösten aus schiefen Lücken. Wie poliert wirkte dagegen der tadellos gebettete schmale Schienenstrang der SILBERBLITZ-Bahn. Er führte aus dem Schacht heraus, im Bogen um ein Dutzend verwitterter Prellböcke herum, an einer hohen Hecke entlang.

»Hinter dieser Hecke haben sie auch schon gesucht«, klagte Brasser. »Aber da ist nichts als ein vergammeltes Schiffshebewerk, über das die Fischer ihre Beute direkt an die Kühlwagen brachten — ja, ha: vor fünfzig Jahren! Läge der SILBERBLITZ da unten, würde man die Lok und alle Wagen Kopfstand machen sehen!«

Superhirn bückte sich und reckte den Hals nach links und rechts.

»Was ist?« fragte Henri.

»Die Hecke verläuft nicht durchgehend«, murmelte der Freund.

»Wegen des Windes«, erklärte Brasser. »Oder meinst du, der verschwundene Zug sei da durchgeflutscht? Junge, ich hab dir doch gesagt: Die Fahnder sind mit ihren Ideen allesamt auf dem Holzweg. Sie meinen jetzt sogar, der SILBERBLITZ sei nie hier angelangt! Sie suchen ihn 15 Kilometer entfernt im Meer . . .!«

»Und sie haben ja die ersten Teile schon geborgen«, gab Henri zu bedenken.

Was nun folgte, berührte die beiden Jungen gespenstisch. Brasser rannte auf den vergitterten Schacht zu und rüttelte an den Stäben. Er schrie in den dunklen Schlund hinein, und seine Stimme verhallte in der Grabesstille des langen, langen Tunnels:

»Wenn der SILBERBLITZ im Meer liegt, dann müßte er rückwärts durch dieses Gitter geschwebt sein wie eine Rauchwolke! Versteht ihr denn nicht? Will mich keiner verstehen? Das Gitter ist automatisch hinter ihm heruntergegangen, als der letzte Wagen aus dem Schacht heraus war!«

Der Bahnmeister wandte sich um und deutete mit bebender Hand auf das Rangiergelände: »Nach dort ist er gefahren, zur Rampe, wo der Entsorgungszug zur Übernahme der Giftladung wartete! Ich stand in der Tür meines Büros und sah seine Scheinwerfer! Kommt, wir gehen die Strecke entlang, die er in der Unglücksnacht gefahren ist, nachdem er den Schacht verlassen hatte!«

Brasser schwankte, vor Erregung zitternd, auf dem SILBERBLITZ-Gleis der Zielstation »Giftrampe« zu. Superhirn und Henri stapften links und rechts neben ihm her.

Sie sahen eine einsame Signalampel, deren eingeschaltetes rotes Licht trotz der hellen Sonne deutlich zu erkennen war. Das Licht bedeutete »Halt!« — Halt für einen Zug, der nie mehr kommen würde, Halt auf einer Strecke, deren Zufahrt durch das Schachtgitter abgeblockt war. Der rote, runde Kreis wirkte wie das Auge eines weltvergessenen, träumenden Fabeltiers.

»Hier — an dieser Ampel — mußte der SILBERBLITZ immer halten«, erklärte Brasser. »Eiserne Vorschrift, obwohl ihn nichts hätte behindern können, denn seine Zufahrt war stets frei. Aber die Bahngesetze für Giftmülltransporte sind streng: Hier, in Buronne, werden Militärwaggons rangiert, aber auch Fuhren mit frischen Lebensmitteln. Deshalb also dieser ‚Sicherheits-Halt'. Wenn der SILBERBLITZ zwischen Schacht und Ampel eine ‚Klingelschwelle' überfährt, läutet es in meinem Büro so oft, wie der Zug Achsen hat.

Gleich darauf heult die Preßlufthupe der SILBERBLITZ-Lok, so daß ich weiß, er wartet auf Einfahrtserlaubnis!«

»Und so war's auch in der vorletzten Nacht?« fragte Henri.

»Selbstverständlich! Ich höre das Klingeln, geh aus meinem Stellwerk raus — und seh den SILBERBLITZ hier stehen. Nun laufe ich wieder hinein und telefoniere mit dem Rangierleiter der Staatsbahn. Ich frage: ‚Liegt was an? Wird vielleicht ein Viehtransport oder 'ne Ladung Fische hin und her geschoben? Nein? Dann darf ich unserm Giftzug freie Fahrt geben? Okay!' — Wie gesagt, das ist Vorschrift, reine Routine, wichtig natürlich zur Beruhigung der Öffentlichkeit. Ich drücke also auf den Knopf, die Ampel zeigt ‚grün' — und der SILBERBLITZ kommt an die Rampe!«

»Und in der Unglücksnacht ist er auch gekommen?!« nickte Superhirn.

»Aber ja, aber ja!« rief Franc Brasser. »Doch das glaubt man mir nicht! Man glaubt ja auch den Bahnarbeitern nicht, bei denen sich Otellos Zugbegleiter Feuer für seine Zigarette geholt hat. Einer von den Leuten hatte Geburtstag, und da kreiste 'ne Flasche mit Apfelschnaps. Nun denken sie, wir waren vielleicht allesamt besoffen!«

»Dürfen wir mal auf die Rampe, in Ihr Stellwerk?« fragte Superhirn.

»Von mir aus. Dann kann ich mir wenigstens meine Wut von der Leber reden!«

»Mir ist das gar nicht geheuer!« flüsterte Henri dem Freund zu.

Superhirn lachte leise: »Meinst du, mir . . .?«

»Der Mann verschweigt etwas«, beharrte Henri. »Ich hab das Gefühl, wir laufen in eine Falle!«

Bevor Superhirn antworten konnte, erscholl eine rauhe Stimme hinter ihnen:

»Halt! Halt, sage ich — oder ich laß den Hund auf euch los!«

Brasser und die Jungen wandten sich um. Da stand wie aus dem Boden gewachsen ein kräftiger, untersetzter Mann, dessen Miene alles andere als freundlich war. Die gefleckte Riesendogge, die er am Stachelhalsband ziemlich kurz hielt, blickte ungeduldig drein. Sie schien auf einen Befehl zu warten.

»Was soll denn das, Monsieur Flacfloc?« rief der Bahnmeister. Erklärend sagte er zu Superhirn und Henri: »Dieser Herr heißt eigentlich Bethel, er ist der Sohn des letzten Schleusenwärters — von der alten Anlage da, unterhalb der Hecke. Niemand darf mehr im Bereich der Giftverladung wohnen, nur er, weil der Staat seinem Vater das Wärterhaus als Entschädigung schenkte.«

»Und als weitere ‚Entschädigung' tötete der SILBERBLITZ den Zwilling meiner Dogge!« grollte der Mann. »‚Flacfloc' nennt man mich, und zwar nach den Namen der beiden Hunde! Flac ist vor drei Wochen an der Ampel vom Lokführer Otello getötet worden, obwohl der Zug helle Scheinwerfer hat. Nur Floc ist mir geblieben. Beinahe verdiente ich auch diesen Namen nicht mehr, denn in der vorletzten Nacht ist der Lokführer ausgestiegen und hat der Dogge mit der Brechstange eins überhauen wollen. Otello hat den Hund nur gestreift, aber der Riß im Fell ist zu sehen!«

»Das — das glaube ich nicht!« rief Henri. Ihm waren diese Worte eher in der Verblüffung entfahren, doch der Mann brüllte:

»Soll dir mein Floc beweisen, wie sehr er seit der vorletzten Nacht alles liebt, was hier am Schienenstrang rumläuft?«

»Aber wissen Sie denn nicht, daß der SILBERBLITZ verschwunden ist?« fragte Superhirn. »Waren die Suchtrupps nicht auch bei Ihnen?«

Monsieur Flacfloc lachte höhnisch: »Ablenkungsmanöver, weiter nichts! Man fürchtet sich vorm Tierschutzbund! Aber ich habe die Brechstange sichergestellt — und dann ...« Er zog etwas aus der Jackentasche und hielt es triumphierend hoch: »Otellos Handschuh! Den kriegt aber die Polizei nicht! Den übergebe ich noch heute meinem Rechtsanwalt, denn die Polizei ist auf Otellos Seite. Klar: Die Giftbahn ist dem Staat wichtiger als eine Hundeseele!«

Der Mann zerrte die Dogge zurück durch die Hecke. Brasser und die Jungen starrten einander an. Und völlig unerwartet sagte der Bahnmeister:

»Es stimmt. Otello ist in der Unglücksnacht ausgestiegen. Aber daß er einen Kampf mit dem Hund hatte — hm, davon erwähnte er nichts!«

»Gehen wir in Ihr Stellwerk«, schlug Superhirn vor, als messe er dem Zwischenfall keine Bedeutung bei. Schweigend führte der Bahnmeister Brasser die Jungen zur SILBERBLITZ-Rampe. Erst im Büro wurde er wieder gesprächig: »Hier ist eine Leuchttafel, die die Fahrt des Zuges überträgt. Der SILBERBLITZ wird durch eine kleine, rotschimmernde Schlange markiert, die ich vom Augenblick der Abfahrt bis zur Ankunft an der Ampel beobachten konnte!«

Superhirn nickte. »Hm. Und wie war das vorletzte Nacht? War da irgendwas ein bißchen anders — ich meine, nach dem Halt an der Ampel, auf den 150 Metern bis hierher? Vielleicht eine ganze Kleinigkeit? Der Mann mit der Dogge sagte ...«

Brasser winkte ab. »Das ist ein Spinner. Und wenn etwas anders war als sonst, so bestätigt es die Ankunft des Zuges nur. Es bestätigt sie tausendprozentig. Ich hatte grünes Licht gegeben und den Brossacer Institut durchgemeldet: ‚SILBERBLITZ am Ziel'. Denn was sollte noch passieren?«

»Und ...?« fragte Henri gespannt.

»Ich nehme den Hörer wieder auf und verständige den Begleit-Ingenieur des Entsorgungszuges der Staatsbahn. Da ertönt draußen plötzlich ziemlich nahe das Signalhorn der SILBERBLITZ-Lok. Ich renne raus, sehe die Scheinwerfer etwa fünfzig Meter vor der Rampe. Otello ruft: ‚He, Franc, was ist los? Die Ampel ist aus! Prüf das mal!' — Ich erwidere: ‚Okay, mach ich! Aber du kannst schon reinfahren!'«

»Und Otello fuhr nicht rein!?« fragte Superhirn ahnungsvoll.

»Nein!« bestätigte der Bahnmeister hitzig. »Als ich die Kontrollampen geprüft hatte, ging ich wieder hinaus. Auf einmal sah ich die SILBERBLITZ-Scheinwerfer nicht mehr! Na, ich denke, er hat den Zug sicherheitshalber zurückgesetzt, und die Scheinwerfer werden durch die alten Güterwagen verdeckt. Nach einer Weile war mir das zu dumm. Ich lief die Werkschiene entlang und pfiff auf meiner Trillerpfeife ...«

»Und das Gleis war leer — und der SILBERBLITZ war spurlos verschwunden!?« vollendete Superhirn.

»Ja!« Franc Brasser atmete tief. »Ich weiß nicht, was ich denken soll. Zurück kann er niemals gefahren sein, denn das Gitter zum Schacht war zu. Außerdem hätte er die Klingelschwelle passieren müssen — und es hätte hier im Büro wieder wie verrückt geschellt!« Er fügte hinzu: »Die Bahnarbeiter, die Leute vom Entsorgungszug, sogar der Ingenieur — alle haben sich sofort auf die Suche gemacht. Sie sind bis zur Schleuse runtergekrochen, da findet keine Ziege mehr durch; nur Monsieur Flacfloc hat noch einen Trampelpfad, der reicht nicht mal mehr für ein Fahrrad — es war alles umsonst. Auf dem Rangiergelände entdeckten wir nicht die geringste Spur eines Fahrzeugs — nichts, nichts, nichts!«

Brasser schwieg einen Moment, dann wandte er sich hastig an Superhirn: »Was sagtest du da vorhin von Otello und dem Pik-As?«

Superhirn zog die Spielkarte hervor, die in Wahrheit eine getarnte Ladekarte war. »Wir wollen Ihnen helfen. Aber dazu brauchen wir auch Ihre Hilfe. Dieses Blatt haben vielleicht Verbrecher verloren. Bevor wir es der Kripo übergeben, möchten wir wissen, ob sie etwas Besonderes über die SILBERBLITZ-Ladung verrät!«

»Otellos Todeskarte«, murmelte Franc Brasser. »Pik-As!« Er gab sich einen Ruck. »Ja. Pik-As war in der Unglücksnacht turnusmäßig an der Reihe. Kartenspiel-Chiffren, die gehören ganz offiziell zu unserem Transport-Tarnsystem. Für mich ist das nichts Neues.

Seht her: Ich stecke die Karte hier in den kleinen Apparat, eine Entschlüsselungsmaschine — auch ‚Decoder' genannt. Was auf dem schwarzen Täfelchen jetzt aufleuchtet, ist die Anweisung für die Ladefolge unserer SILBERBLITZ-Container im Entsorgungszug. Weiter nichts. Zwei der Kästen würden danach in einen Gefrierwagen gekommen sein, die beiden anderen in Strahlen-Isolierwaggons.«

»Und die Art der Ladung?« fragte Superhirn.

»Die kenne ich nicht«, entgegnete Brasser. »Der Ingenieur des Entsorgungszuges bekommt die Karte und begleitet die Fracht zu einer staatlichen Giftmüll-Deponie, die ebenso ‚bombensicher' sein soll, wie sie geheim ist. In dieser Giftmüll-Deponie ist wiederum ein Decoder, dem die Karte etwas Zusätzliches ‚preisgibt': nämlich den genauen Inhalt der Container zum Zweck der fachgerechten Vernichtung oder Versenkung in der Erde.«

Er blickte auf die Leuchtdaten des Decoders. Kopfschüttelnd meinte er:

»Nichts Besonderes! Der übliche Giftmüll des Forschungsinstituts. Wäre etwas unmittelbar Tödliches dabeigewesen, so würde ich das an gewissen Zeichen erkennen, und der betreffende Container müßte in einen Spezialtriebwagen umgeladen werden.«

»Aber wieso ist das Pik-As Otellos ‚Todeskarte'?« bohrte Superhirn.

»Ach, nur dummes Gerede! Als die Spielkartentarnung eingeführt wurde, hieß es: mit der Herz-Serie fangen wir an, mit der Pik-Serie hören wir auf. Immer: 2, 3, 4, 5, 6, 7, 8, 9, 10, Bube, Dame, König, As! Bei Pik-As waren alle Serien das erstemal ‚durch'. Pik-As war also der ‚Schlußpunkt', sozusagen. Manche Werkbahnleute meinten von Anfang an, die Reihenfolge hätte was zu bedeuten. Unsinn. Ebenso hätten wir zur Tarnung Bierdeckel nehmen können wie das Chemiewerk in Buronne. Das System ist narrensicher: Die Verlade-Ingenieure erkennen ihre Folien auf diese Weise im Halbdunkeln. Kein Außenstehender kann etwas damit anfangen.«

»Danke, Monsieur Brasser«, sagte Superhirn. »Jetzt ist mir manches klar: Pik-As gleich ‚Todeskarte' — wie in der Oper ‚Carmen' — sowie ‚Schluß der Serie'! Da könnte einer gedacht haben, diesmal sei kein ‚gewöhnlicher' Giftmüll im SILBERBLITZ, sondern was ganz Tolles, etwas irre Wichtiges!«

»Aber das erklärt noch immer nicht, wo und wie der Zug verschwunden ist!« rief Brasser. »Vom Rangiergelände konnte er nirgends runter, das steht fest!«

»Und durch die Luft ist er nicht geschwebt!« grollte ein Bahnarbeiter von der Tür her. »He, Franc, was wollen die Burschen? Dich durch Seifenschaum ziehen — etwa für 'ne Schülerzeitung? Dann laßt euch eins gesagt sein: Bei mir hat sich Otellos Zugbegleiter Feuer für seine Zigarette geholt, als der SILBERBLITZ vor der Ampel wartete. Er ist nie zurückgefahren! Er hatte Strahlgut mit, was Radioaktives — und das hat ihn zerstört! Jawohl! Seine eigene Ladung hat ihn vernichtet! Das kann aber das Forschungsinstitut niemals zugeben. So sieht die Sache aus ...!«

»Quatsch!« murmelte Henri so leise, daß nur Superhirn ihn verstand.

In diesem Moment läutete das Telefon. Brasser griff nach dem Hörer und meldete sich. Dann hielt er sich an der Pultkante fest und machte ein Gesicht, als hätte er Magenschmerzen.

»Ja ...«, sagte er dumpf, »jaaa ... Aber das ist ... hm, hm ... Ende ...«

Er legte den Hörer auf und wandte sich den anderen zu:

»Es war Monsieur Hugo — der Transportchef des Instituts. Man hat den SILBERBLITZ geborgen ...«

»Wo?« fragte der Arbeiter.

»Im Meer«, stammelte Brasser, »das Taucherschiff zog ihn raus, am Steilhang, 15 km von hier. Otello und der Zugbegleiter Alfons sind tot. Ertrunken ...«

Noch eine Unbekannte —
und etwas Unsichtbares!

»So ein Ding!« keuchte Henri, als er mit Superhirn der Buronner Bushaltestelle zustrebte. »Da schnüffeln wir ahnungslos auf dem Rangiergelände herum, lassen uns von Spinnern einwickeln — und inzwischen zieht man den SILBERBLITZ aus dem Meer! Paß auf, am Ende heißt es dann doch nur: ‚Bedauerlicher Unfall . . .'«

Superhirn schwieg.

»Na, wie stehen wir denn jetzt da?« begann Henri wieder. »Dumm ist gar kein Ausdruck! Oder was meinst du: Vielleicht sind die Bergungsmeldung und die Nachricht vom Tod durch Ertrinken nichts als gemeiner Bluff?«

Superhirn blieb stehen. »Der Anruf eben kann tausendmal amtlich gewesen sein. Dagegen beharren Brasser, dieser Doggenbesitzer und der Bahnarbeiter aber darauf, daß der SILBERBLITZ in der Unglücksnacht sein Ziel bereits erreicht hatte. Es gibt dort bestimmt noch weitere Zeugen!«

»Und du ...?« fragte Henri beschwörend. »Du kannst doch nicht beides glauben! Du kannst doch unmöglich glauben, daß der Silberblitz erst unterwegs ins Meer gestürzt ist, darauf — als wäre nichts gewesen — Buronne per Schiene erreichte, um dann endgültig zu verschwinden ...!«

Die Jungen liefen weiter.

»Ich weiß jetzt das Wichtigste«, erklärte Superhirn. »Die sogenannte ‚Todeskarte', das Pik-As, hat eine besondere Rolle gespielt. Wenn wir in Brossac-Centre sind, werden wir uns umhorchen, was für ein Mann Otellos Zugbegleiter war — dieser Alfons, denn den erwähnt man verdächtig wenig.«

»Vergiß den Lokführerhelm nicht, der 200 Kilometer von hier in einem Blumenbeet lag«, erinnerte Henri. »Und das Foto mit Otello, der Schuldirektorin und dem unbekannten Mädchen!«

»Ja, ja — wir müssen die Berichte der anderen prüfen!« sagte Superhirn. »Und ich hoffe nur, daß sich Kommissar Rose beeilt ...«

Am Spätnachmittag trafen die Geschwister und ihre Freunde im alten Leuchtturm wieder zusammen. Die Stimmung war auf dem Siedepunkt, denn alle hatten inzwischen etwas von der Bergung des Werkzuges gehört. Die Gefährten rückten die Klappmöbel auf die Gartenseite des Turms, stärkten sich mit kühler Limonade und tauschten ihre Erlebnisse aus.

Eine erstaunliche Nachricht kam von Prosper:

»Auf der Insel Roc hat man den S<small>ILBERBLITZ</small> über die angebliche Unfallstelle glatt hinwegfahren sehen. Jemand wettete mit vier Hamburger Seglern, daß sie ihre Uhren nach dem Zug stellen könnten. Schlag 1 Uhr 45 haben sie die Scheinwerfer auf der Küstenstrecke gesehen — über dem Steilhang! Und sie haben die roten Rücklichter bemerkt, als der S<small>ILBERBLITZ</small> ohne Aufenthalt im Tunnel verschwand. Von Absturz keine Rede!«

Superhirn machte sich Notizen. »Was hast du im Mädchenheim erreicht, Tati?«

»Tja ...«, Tati zögerte. »Ich weiß nicht, ob es viel oder wenig ist. Unterwegs traf ich zwei Schülerinnen, und ich fragte sie, wie's denn in dem Heim so wäre. Meine Eltern wollten mich da auch eintreten lassen, sagte ich — na, und so ...«

»Na, und so ...?« wiederholte Superhirn ungeduldig.

»Sie ließen mich gar nicht ausreden«, fuhr Tati fort. »Die Schule sei eine ‚Tretmühle', Madame Ladour ein Drache ...«

»Darauf geb ich nichts!« murrte Henri. »Stimmt es, daß die Mädchen für Otello schwärmen?«

»Eben nicht!« erwiderte die Schwester nachdenklich. »Die Direktorin hat doch so ein Theater gemacht, Otello würde ihnen die Köpfe verdrehen, er hätte in der Unglücksnacht ein Höllenspektakel mit der Lokpfeife vollführt, so daß sie aus den Betten gesprun-

85

gen und an die Fenster gelaufen seien. Alles halb so wild! Die meisten halten ihn doch nur für einen Angeber.«

»Bist du bei Madame Ladour gewesen?« drängte Henri.

»Nein, mir fiel was anderes ein. Ich fragte, ob Otello — als Verlobter der Lehrerin Susanne — öfter zu Besuch im Heim gewesen sei. Da warfen sich die Mädchen Blicke zu und kicherten. Otello habe ab und zu Madame Ladours Auto repariert — aber immer dann, wenn Susanne einen Tagesausflug mit einer Klasse unternahm oder schon zu Hause war: Susanne wohnt ja in Palmyre. Schließlich erkundigte ich mich, ob die Direktorin eine bestimmte Lieblingsschülerin hätte.«

»Du hast doch hoffentlich das Foto nicht vorgezeigt?« fragte Gérard.

»Von wegen! Aber die beiden Mädchen sagten prompt ja und beschrieben mir Madame Ladours ‚Augapfel'. Größe, Alter, Typ entsprechen dem abgebildeten Mädchen auf dem Foto. Es ist eine Engländerin, aber sie nennt sich ‚Ladour', denn Madame ist ihre ‚Ersatzmutter'. Meist wird sie ‚Milly' gerufen!«

»Aus dem Salat soll einer klug werden«, maulte Micha. »Wenn diese Milly wenigstens 'ne verzauberte Katze wäre — oder so was Ähnliches!«

»Das ist sie auch!« sagte Tati scharf. »Hört nur weiter! Ich bin zum Rathaus gefahren und hab der Meldebehörde das Foto vorgelegt!«

»D-d-du bist wahnsinnig!« ereiferte sich Prosper. »D-d-das Foto mit Otello und der Direktorin...?«

»Natürlich nicht! Otello und die Madame hab ich abgeknickt«, erklärte Tati. »Nur das Teilfoto mit dieser Milly konnte man in meiner Ausweisfolie sehen, da ist doch so eine Klappe für Fahrscheine...«

»Verstehe, verstehe!« drängte Superhirn. »Und weiter?«

»Ich sagte, ich hätte dieses Mädchen am Strand kennengelernt. Wir wollten Brieffreundinnen werden, aber ich kennte nur ihren Necknamen ‚Milly'. Der Beamte erkannte sie sofort. Da sie Engländerin ist, braucht sie eine Daueraufenthaltserlaubnis für Ausländer. Sie soll vielleicht immer bei Madame Ladour bleiben, weil ihre Eltern geschieden sind. Und sie heißt: Mildred Stilkins!«

»Stilkins...« Superhirn sprang auf. »Wo hab ich den Namen schon mal gehört? Stilkins, Stilkins! Da klingelt bei mir etwas!« Er schlug sich mit der flachen Hand an die Stirn. »Aber was? Aber was...?«

Er wurde durch Madame Dydon unterbrochen, die aus dem Gebäude gekommen war, um sich zu verabschieden.

»So, Kinder!« rief sie. »Die Pizza ist fertig! Tati, kümmere du dich um den Salat, er muß noch in die Schüssel getan werden!« Sie lief zu ihrem Kombiwagen. »Bis morgen!«

Am Eßtisch im Wohn- und Küchenraum unterhielten sich die Gefährten weiter.

»Übrigens«, sagte Micha, »Susanne hat vorhin angerufen!«

»Schätze, die ist nicht so wichtig«, erklärte Gérard breit. »Räumt mal das Geschirr zusammen, denn die Bombe, die ich mitgebracht habe — die braucht Platz!«

»Ich denke, du warst nur bei Otellos Tante?« fragte Prosper. »Die hast du doch nicht etwa ‚huckepack' angeschleppt?«

Gérard verschwand in seinem Schlafraum. Mit einem großen Karton kam er zurück. Neugierig sprang der Pudel um ihn herum, und Micha sah so aus, als hätte er's dem Hund gern nachgetan.

Dann aber herrschte betroffenes Schweigen.

Was Gérard da aus dem Karton holte und bedächtig auf den Tisch stellte, war eine Mini-Eisenbahn. Genaugesagt: ein Modell. Das Modell einer Werkbahn mit einer silbrigen Stromlinienlok und vier Containerwagen!

»D-d-der SILBERBLITZ«, hauchte Prosper.

»Was sagt ihr nun?« triumphierte Gérard. »Ist das 'ne Bombe — oder ist das keine...?«

»Hast du die Mini-Bahn von Otellos Tante?« fragte Micha mit geweiteten Augen. »Ist das etwa — etwa eine Verkleinerung...?«

»Du meinst: der verzauberte Original-SILBERBLITZ?« grinste Gérard. »Nee, da muß ich dich enttäuschen. Es ist nur 'ne maßstabgetreu nachgebastelte Attrappe. Otellos Tante sagte mir, ihr Neffe hätte immer heimlich in der Dachkammer damit gespielt. Sie wolle das ganze ‚Teufelszeug' nicht mehr haben, sagte sie, und gab es mir nur all zu gern.«

»Das ‚ganze Teufelszeug' ...«, wiederholte Superhirn. »Dazu gehört auch das Papier im Karton?« Er griff hinein und zog ein Faltblatt heraus. »Kinder! Eine Streckenkarte! Dem Datum nach stammt sie aus der Eröffnungszeit ... Und was haben wir da weiter? Jetzt werd ich verrückt: Das ist ein Orientierungsblatt für Flieger, Fluggebiet Frankreich ... Und hier sehe ich eine Schraffur mit Rotstift. Das ist das ‚Massif Central' ...!«

»‚Massif Central'?« wunderte sich Prosper. »Das ist doch das Mittelgebirge mitten in Frankreich. Verdammt einsame Gegend, wo sich die Füchse und die Hasen gute Nacht sagen! Otello wollte doch wohl nicht seine Hochzeitsreise dorthin machen?!«

»Was ist da eben vom Tisch gefallen?« unterbrach Tati. »Es hat so komisch geklickt. Ich seh aber nichts!« Sie schaltete die zusätzliche Deckenbeleuchtung ein.

»Stimmt — da ist was runtergefallen«, bestätigte Gérard.

Alle blickten auf dem Fußboden umher. Plötzlich rief Henri:

»Seht mal, was Loulou macht! Der hat wohl die Maulsperre! Er dreht sich wie besessen im Kreis und kriegt die Schnauze nicht mehr zu ...!«

Superhirn griff nach dem Pudel, hielt ihn fest und rüttelte an seinen Kiefern. Loulou stieß einen

Schmerzenslaut aus, aber schon ließ ihn der Junge los. Wie befreit hopste der Hund davon.

»Er sah so aus, als hättest du ihm einen Knochen weggenommen«, sagte Tati. »Und du hast auch etwas in der Hand. Aber bin ich denn blöd? Ich sehe nichts!«

»Sollte mich wundern«, murmelte Superhirn. Er hatte die Hand zur Faust geballt, als hielte er einen Hammerstiel. Und dann schlug er etwas Unsichtbares mehrmals bollernd auf den Tisch.

»Was ist das . . .?« riefen die anderen. »Was machst du denn da . . .? Nun sprich schon . . .!«

Superhirn tastete den unsichtbaren Gegenstand ab. »Ein länglicher Kasten«, erklärte er, »etwa 30 Zentimeter lang, quadratisch, etwa 4 mal 4! Er ist an beiden Enden seitlich aufklappbar. Ihr müßt euch das Ding aus Glas vorstellen, etwa als Hülle für eine Neonlampe über einer Flurgarderobe . . .«

»Spinnst du?« hauchte Micha.

»Ich wollte, du hättest recht«, sagte Superhirn ruhig. »Hm, ich vermute, das Material besteht aus stahlharter Luft. Es hat denselben ‚Berechnungsindex' wie Luft — und deshalb kann man's nicht sehen. Schätze, es ist der Behälter für die Mini-Bahn. Seht her — sie läßt sich hineinschieben. Ja, sie läuft in dem Behälter sogar auf einer Schiene!«

In diesem Augenblick läutete das Wandtelefon. Tati nahm den Hörer ab und meldete sich wie in Trance. Dann aber wurde ihre Stimme klar:

»Kommissar Rose!« rief sie erleichtert. »Ja, wir sind alle da! — Wie? Wann? — Gut, wir kommen!«

Aufatmend berichtete sie den Geschwistern und Freunden: »Rose möchte uns sehen. Er hat mit Superhirns Onkel gesprochen. Beide erwarten uns um 22 Uhr im Stellwerk, unten, im Forschungsinstitut!«

»Na, dann auf — zur letzten Runde!« sagte Superhirn mit großer Entschlossenheit: »Micha: Grab Otellos Schutzhelm aus, aber laß ihn im Beutel. Tati: Vergiß nicht das Foto von Otello, der Direktorin und dieser Milly! Den Pik-As-Telepaß habe ich! Gérard, wir verpacken die Mini-Bahn, die Papiere, vor allem aber die Hülle! Und merkt euch eines ganz genau: Wir rücken mit unserem Wissen und mit den Sachen erst heraus, wenn ich das Zeichen dazu gebe...«

Punkt 22 Uhr langten die Gefährten auf ihren Rädern am Instituts-Stellwerk des unterirdischen SILBERBLITZ-Bahnhofs an. Den Pudel führte Tati im Körbchen an der Lenkstange mit.

»Na, so eine Überraschung!« heuchelte Kommissar Rose. »Ich ahne ja gar nicht, daß ich euch wieder hier treffen würde! Tja, ein trauriger Anlaß, leider. Superhirn, ich sagte das deinem Onkel schon: Lieber hätte ich 'ne Segelpartie mit euch gemacht!«

Es war noch einigermaßen hell, und man sah einen Mannschaftswagen der Polizei, aber auch uniformierte Beamte, die neben ihren schweren Motorrädern warteten. Professor Kyber trat heran, begleitet von verschiedenen Angehörigen des Forschungsinstituts.

»Meine jungen Gäste — oder Ihre alten Freunde«, sagte Kyber mit dem Anflug eines Lächelns, »wollten von Anfang an nicht glauben, daß der SILBERBLITZ ins Meer gestürzt sei.«

»Hm!« Kommissar Rose rieb sich den Schnauzbart. »Ich kam bereits mittags mit dem Hubschrauber. Ich kenne alle Berichte, ich war auch per Schienenauto nach Buronne. Die SILBERBLITZ-Lok ist tatsächlich aus dem Meer gefischt worden, ich habe sie mit eigenen Augen gesehen...«

»Und die Waggons?« rief Superhirn. »Und Otello? Und Alfons?«

»Da wurden voreilige Nachrichten verbreitet«, knurrte Rose. »Von mancherlei Unklarheiten abgesehen: In der geborgenen Lok fehlte der Fahrtenschreiber. Aber du, Superhirn, sollst hier im Stellwerk geholfen haben, den Zug zu überwachen, weil der Bahninspektor plötzlich krank wurde: Gallenkolik, das ist ärztlich bestätigt. Also erzähl mal, was dir aufgefallen ist...«

»Ich selber rief den Arzt, als es schlimmer wurde«, berichtete Superhirn. »Es waren mehrere Männer im Stellwerk, die das Telefonat mitkriegten: ‚Ziel erreicht' — und dann den Alarm: ‚SILBERBLITZ spurlos verschwunden!'«

Kommissar Rose nickte. »Wir haben den Bahninspektor Poller aus dem Krankenhaus geholt. Er wird mit dir — in Anwesenheit der verantwortlichen Herren — die Unglücksfahrt an den Bildschirmen erläutern. Es ist alles bereit. Im unterirdischen Bahnhof steht der Werkzug B&#xNaN;LITZ II startfertig, um den gesamten Hergang auf der Strecke zu rekonstruieren. Eine Expertenkommission erwartet den Zug in Buronne an der Rampe.«

»Ist das Meßsystem denn in Ordnung?« fragte Superhirn.

»Ja«, erwiderte Kyber. »Die Zerstörung des Kästchens an der Absturzstelle bewirkte nur einen Teilausfall. Aber sag mir mal, Superhirn: Wie kommt es, daß ich dich in der Unglücksnacht hier im Stellwerk nicht sah?«

Jetzt meldete sich der kranke Inspektor Poller zu Wort: »Nun ja, Herr Professor. Es herrschte ein schreckliches Durcheinander. Der Arzt war da, dann kam der Sicherheitsingenieur mit dem Transportchef — und alle nahmen an, der Junge hätte nichts anderes getan, als den Doktor zu rufen. Niemand fragte, warum er sich hier aufhielt. Und ich hab mich gehütet, was zu sagen. Superhirn verdrückte sich auch sehr schnell. Aber bevor der Zug abfuhr, sehen Sie, da war der Junge so enttäuscht, daß Otello ihn nicht mitnehmen wollte. Ich tröstete ihn und ließ ihn die Überwachung mitmachen. Plötzlich erwischte mich die Kolik...«

»Schon gut«, sagte Professor Kyber. »Wir werden das jetzt ‚nachspielen'. Allerdings mit Zeitverschiebung.

Der Silberblitz fuhr um 1 Uhr los — Blitz II startet um 23 Uhr. Ich fürchte aber, Superhirn, deine Freunde und der Pudel können nicht mit ins Stellwerk.«

»Der Raum ist groß genug«, meinte Kommissar Rose. »Ich halte es für sicherer, die Bande unter Kontrolle zu haben.«

»Wie Sie wollen ...«, murmelte der Professor.

Der Knoten platzt —
ein Totgesagter erscheint!

Das Stellwerk glich in seiner sauberen Nüchternheit auf den ersten Blick einer modernen Ambulanz mit medizinisch-technischen Geräten, Drehstühlen, Wandschrank, Bank und Liege. Die Liege diente der Freiwache zum Ausruhen.

Zu Kommissar Rose, Professor Kyber, den Gefährten, dem Inspektor Poller und dem Sicherheitsingenieur gesellte sich der Transportchef, dem außer der Bahn die Kraftwagen, die Schiffe und die Flugzeuge des Instituts unterstanden.

»In der Unglücksnacht«, begann Werkbahn-Inspektor Poller, »saß ich hier vor den Kontrollgeräten. Superhirn kam zehn Minuten vor der Abfahrt herein, um auf Otello zu warten. Otello meldete sich bei mir ab, erklärte aber, er könne Superhirn leider nicht im SILBERBLITZ mitnehmen, weil er sein Motorrad in der Nacht noch brauche und es im Führerstand untergebracht habe. Dazu habe er die Rückbank hochgeklappt, für einen Passagier sei also kein Platz mehr.

Otello ging dann allein in den Werkbahnhof hinunter.«

Inspektor Poller schaltete die Bildschirme und alle Kontrollgeräte ein.

»Auf Monitor 1 sehen Sie jetzt den BLITZ II an der Abfahrtsrampe«, erklärte er. »Der Labor-Verlader und seine Hilfslaboranten tragen noch ihre Gift- und Strahlenfolien mit den Schläuchen und Atemgeräten. Die Container sind in den vier Waggons. Die Waggons werden versiegelt ... Jetzt bekommt der Lokführer Coubelle den getarnten Telepaß ausgehändigt. Vorgestern war das die Pik-As-Karte, heute wäre wieder die erste Serie dran — demnach die Herz-Drei.«

Alles, was Inspektor Poller erläuterte, konnten die Anwesenden in brillanter Schärfe — und in Farbe — nach- und nebeneinander auf den verschiedenen Bildschirmen verfolgen.

Ein Telefon schrillte. Poller stellte den Lautsprecher zum Mithören an und sagte: »Das ist der Fahrdienstleiter!«

»Hier Fahrdienstleiter!« kam sogleich die Bestätigung. »Leertransport BLITZ II mit Lokführer Coubelle und Zugbegleiter Merck fahrbereit. 22 Uhr 57. Erbitte Starterlaubnis!«

Poller telefonierte daraufhin mit Buronne: »Leertransport BLITZ II Abfahrt 23 Uhr — danke — Ende!«

Jetzt sah man auf einem schwarzen Bildschirm eine zitternde, regelmäßig gezackte Lichtlinie. »Das ist der Fahrtstreifen des Zuges«, sagte Poller. »Die Zacken entsprechen den Achsfolgen. Links unten läuft die Zeit nach Minuten und Sekunden mit. Rechts erscheint die Kilometer- und Meterzahl der zurückgelegten Entfernung. Auf den Bildmonitoren sehen Sie BLITZ II bei der Auffahrt auf den Austerndamm.«

Die Scheinwerfer kamen aus dem Untergrund, aber man sah im »Gegenschuß« einer anderen Kontrollkamera auch, wie sich die Rücklichter entfernten.

Ping, klang ein akustisches Signal in der Wand. »Jetzt geht ein Gitter hinter dem Zug herunter«, erklärte der Inspektor. »Jede Ein- und Ausfahrt der Schächte ist abgesichert, damit nicht etwa Touristen da herumlaufen. Außerdem sind an der Strecke beleuchtete Warntafeln weithin sichtbar aufgestellt .«

Auf den Bildschirmen sah man BLITZ II in den nächsten Untergrundabschnitt einmünden.

»So!« Inspektor Poller wandte sich auf seinem Drehstuhl um. »Hier etwa, nach 15 Kilometern Fahrtüberwachung, bekam ich den Anfall. Ich hielt mich noch eine Weile mit Mühe.«

Der Sicherheitsingenieur bemerkte scharf: »Sagen Sie lieber, Sie rissen sich zusammen! Denn als ich Sie genau zwanzig Minuten nach dem SILBERBLITZ-Start anrief, meldeten Sie forsch: ,Alles okay'!«

Der Transportchef fügte hinzu: »Dasselbe bestätigten Sie mir über Funk.«

»Ich wollte mich nicht blamieren«, murmelte Poller. »Ich dachte, es geht vorbei, und da Superhirn so gut spurte, legte ich mich auf die Pritsche. Ich hoffte . . .«

Ein Funksignal zerschnitt mißtönend die Entschuldigung. Aus dem Lautsprecher kam Coubelles leicht verzerrte Stimme: »Hier BLITZ II! Pfeilerstrecke Nähe Mädchenheim erreicht. Nichts Verdächtiges. Ende!«

»Verstanden«, quittierte Superhirn durchs Mikrofon.

»Nichts Verdächtiges«, wiederholte Kommissar Rose. »Na, das muß wohl stimmen. Neben dem Lokführer hockt nämlich Kommissar Lenninger. Ich hab ihn da hinbefohlen...«

Superhirn wies auf die leuchtende Zackenlinie: »Ganz regelmäßig, sehen Sie? Dreißig Minuten Fahrt — Halbzeit! Auf die Sekunde. Die Fotometer messen keinen Rauch, die Lichtschranken keinen Fremdkörper. Keine Kontrollampe zeigt ‚Rot', also ‚Gefahr' oder ‚Ausfall'. Es geht alles wie geschmiert, genau wie beim SILBERBLITZ in der Unglücksnacht!«

»Hm!« Rose wandte sich an den Transportchef: »Wo kam eigentlich der ebenfalls vermißte Zugbegleiter her? Dieser Alfons?«

»Von der Buronner Chemie, genau wie Otello. Otello war gelernter Werkbahner, wir schickten ihn nach Hannover, wo er im Herstellungskonzern der ‚Silberblitze' einen Jahreskurs machte. Er hat uns nicht enttäuscht, und so vertrauten wir ihm auch bei der Personalwahl!«

»Achtung...!« tönte es jetzt aus dem Lautsprecher. »BLITZ II fährt auf die Felstrasse und wird gleich sogenannte Unfallstelle passieren...!«

»Wenn das nur gutgeht...!« hörte man Tati bange flüstern. Dem Pudel teilte sich die Nervosität im Raum mit. Dann aber herrschte Totenstille.

Wie gebannt beobachteten alle die Bildmonitore und den Fahrtenschreiber-Leuchttisch auf dem Schwarzgerät.

Da — die Kamera erfaßte die Scheinwerfer der Lok auf der Felsenstrecke am Steilhang hoch über dem Meer.

Zack — zackzack — zack, erschien korrekt, ohne Flimmern, Schwimmen, Auspendeln, die Achsfolge. Zeitziffern und Meterzahlen liefen weiter, weiter, weiter...

»J-j-jetzt!« schrie Prosper.

Für ein einziges Intervall fiel die gesamte Anzeige der Achsfolge aus, der Fahrtenstrich auf dem schwarzen Schirm brach zusammen. Dann aber leuchtete er wieder auf und verkündete von neuem gleichmäßig seine stumme, rhythmische, optische »Musik«.

Heiser sagte Superhirn: »Er ist drüber! Er hat's geschafft! Da war nur das eine, einzige Schwellen-Meßgerät kaputt, und Kommissar Lenninger hatte nicht recht, als er meinte, das hätte das ganze Meßsystem verunsichert!«

»Die Sache ist geklärt«, bemerkte Professor Kyber ruhig. »Ich habe das prüfen lassen. Nicht der SILBERBLITZ hat in der Nacht einen Meßkasten zerstört, sondern unsere Werklok, am Morgen, als sie sich an den Bergungsversuchen beteiligte.«

Über Funk kam jetzt die Meldung des Lokführers Coubelle: »Achtung Stellwerk Forschungsinstitut Brossac-Cap Felmy! Hier BLITZ II! Keinerlei auffällige Beobachtung! Angeblicher Absturzpunkt ohne Seitendrall zum Fels. Neigungswinkel gleich Null! Alles okay! Ende!«

Und exakt auf die Sekunde gab er dann durch: »Einfahrt Buronne Rangierbahnhof!«

Nach einer Weile läutete das Telefon: »BLITZ II am Prellbock Entsorgungsrampe«, meldete der Buronner Bahnmeister Franc Brasser. »Keinerlei Zwischenfälle!«

Superhirn stand auf. »So war es. Genau so! Nur mit dem Unterschied, daß nach 25 Minuten die erste Rückfrage kam: ‚Wo ist der SILBERBLITZ geblieben?'« Er atmete tief und sagte mit Nachdruck: »Der SILBERBLITZ muß also in Buronne zwischen Schachtausfahrt und Rampe verschwunden sein. Trotz der Bergung des Motorrads, des Einstiegsteils der Lok, des Zugbegleitersitzes — und schließlich auch trotz der Bergung der ganzen Lok. Kommissar Rose sagt, in der SILBERBLITZ-Maschine sei der Fahrtenschreiber ausgebaut gewesen. Das scheint mir verdächtig genug. Aber der Computer, hier, hatte die Fahrt in der Unglücksnacht ebenfalls mitgeschrieben und ‚ausgespuckt'. Darf ich den Streifen haben?«

Kommissar Rose reichte ihm die beschlagnahmte Rolle, die er von seinem Kollegen Lenninger erhalten hatte. Superhirn verglich den eingezeichneten Fahrtverlauf mit den eben aufgefangenen Fahrtenschreiber-Werten von BLITZ II.

»Bis auf die Fehlanzeige durch das zerstörte Meßkästchen durchweg dieselben Daten«, sagte er.

»Aber wie käme die Lok dann ins Meer?« fragte der Sicherheitsingenieur.

»Niemals durch einen Unfall!« behauptete Superhirn unbeirrt. »Micha, zeig den Herren doch Otellos Schutzhelm, den dir der Gärtner 200 Kilometer von hier gegeben hat! Der Telepaß, die Ladekarte — das Pik-As —, war in der Helmlasche!« Er gab Tati einen Wink und zwinkerte Gérard zu.

Tati hielt dem Kommissar das Foto von Otello, der Heimleiterin und der Schülerin unter die Nase und gab ihre Erklärungen dazu ab. Inzwischen hatte Gérard die SILBERBLITZ-Modellbahn ausgepackt und demonstrierte die Unsichtbarkeit der Hülle, indem er sie hörbar an seinen »Fußballkopf« klicken ließ.

Die Männer lauschten den Berichten der Freunde mit wachsender Bestürzung. Kommissar Rose stand mit Kyber über die Flugkarte gebeugt.

Plötzlich kam ein Polizist herein. »Herr Kommissar«, meldete er. »Da ist eine junge Dame, die sich nicht abweisen lassen will. Jemand hat ihr gesagt, Sie leiteten die Untersuchung...«

»Susanne!« rief Tati.

»Ach!« fiel Micha ein. »Ich vergaß ganz, noch mal daran zu erinnern! Susanne hatte ja im Turm angerufen!«

»Mensch, das dürfte eigentlich ich nicht vergessen haben!« sagte Superhirn alarmiert. »Du hast es uns ja ausgerichtet, und ich hab 'ne kochendheiße Frage an sie!«

Die junge Lehrerin erklärte dem Kommissar, wer sie sei, wo sie arbeite und wohne — und daß sie sich bis heute als Otellos Verlobte betrachtet habe. Sie hatte sich gut in der Gewalt, aber sie sah aus wie ein Mensch, der zu allem entschlossen ist.

»Otello lebt«, sagte sie. »Er ist nicht ertrunken, wie die Leute munkeln — und über den ‚Unfall' wird mittlerweile so viel dummes Zeug geredet, daß ich nichts mehr glaube!«

»Aber Sie glauben, daß Otello lebt?!« fragte Rose mit grimmigem Humor.

»Es ist etwas Unfaßbares passiert«, erwiderte Susanne tapfer. »Otello tauchte heute nachmittag, ich meine natürlich gestern, ganz plötzlich in der Gegend auf...«

»Ja?!« drängte Kommissar Rose, dem das Grinsen vergangen war.

»Er erschien ziemlich abgerissen in der Volksbank neben der Tankstelle, da, wo ich mein Konto habe. Er wollte mein ganzes Geld abheben. Sie müssen wissen, ich hatte geerbt...«

»Von der Erbschaft erzählte Ihre Direktorin schon«, warf Gérard ein.

»Und Otello besaß als mein Verlobter eine schriftliche Vollmacht von früher her«, fuhr Susanne fort.

»Er wollte gleich mein ganzes Vermögen abheben. Er sagte: ‚Für unsere Hochzeitsreise nach Mexiko ...'«

»Hat er das Geld gekriegt?« fragte Kommissar Rose.

»Nein, die Kassiererin war entsetzt, ihn zu sehen. Sie hatte gehört, er sei ertrunken. Er lachte und sagte: ‚Falschmeldung! Ich war ein paar Stunden im Spital. Außer einer Handverletzung fehlt mir nichts!'«

»Die Bißwunde!« meinte Henri aufgeregt. »Die Dogge in Buronne von diesem Herrn Flacfloc!«

»Nun schnell!« drängte der Kommissar die Lehrerin: »Was geschah dann?«

»Die Kassiererin telefonierte mit mir. Sie wollte ganz sichergehen. Inzwischen floh er. Er rannte aus dem Schalterraum und warf sich auf ein Motorrad mit einer fremden Nummer. Auf den Zweitsitz sprang sein Freund Alfons, der verschwundene Zugbegleiter. Ich habe in meinem Haus gewartet, ich dachte, Otello würde vielleicht kommen und mir eine Erklärung abgeben!«

»Er wird gewußt haben, warum er sich nicht meldete«, überlegte Superhirn fieberhaft. »Und daß er ausgerechnet hier wieder auftaucht und in Ihre Bank rennt ... Himmel, das sieht nach Verzweiflung aus! Da muß was nicht geklappt haben. Aber was ...? Tati, zeig ihr rasch das Bild mit Otello, der Madame und der Schülerin! Ich will wissen, woher diese Milly kommt — und ob sie wirklich ‚Stilkins' heißt!«

Kyber stützte die junge Lehrerin. »Otello und Madame Ladour ...«, sagte sie schwach. »Ja, und die

Schülerin ist ihr Liebling. Sie hat geschiedene Eltern, die sehr, sehr viel bezahlen. Sie trägt den Namen der Mutter. Der Vater ist Lord Robert Morly, glaube ich.«

»Morton . . .!« rief Superhirn. Er schrie es fast. »Morton und Stilkins, Handel und Transporte. Die haben noch eine französische Filiale im Massif Central! Aber der Großteil der Firma ist pleite gegangen . . .«

». . . und zwar mit Luftschiffen nach dem Blasenprinzip!« unterbrach Professor Kyber lebhaft. »Mir geht ein Licht auf . . .!«

»Waaas . . .?« Kommissar Rose fuhr auf dem Absatz herum. »Pleite? Luftschiffe? Dann funktionieren die Dinger nicht gut? Trotzdem hat man versucht, den SILBERBLITZ mit so einem Versager zu entführen? Wo kann Otello jetzt untergekrochen sein? Ihr spracht von einer Tante!«

»Die hält ihn für einen Teufel!« rief Gérard. »Ich denke, die Schuldirektorin ist Otellos Komplizin?!«

Rose befahl dem Polizisten, die wartenden Mannschaften in Marsch zu setzen und das Mädchenheim umstellen zu lassen. Dann telefonierte er mit der Untersuchungskommission in Buronne, mit allen örtlichen Polizeistationen der Umgebung. Schließlich leitete er über die Präfektur in Rochefort die landesweite Fahndung mit Schwerpunkt Massif Central ein und forderte Kontaktaufnahme mit Interpol.

»Kommen Sie«, befahl er Susanne. »Ich brauche Sie im Schulheim. Und Sie«, er wandte sich an Professor Kyber, »Sie fahren mit Ihren Herren und den Jugendlichen samt deren Beweisen sofort nach Buronne, zur Rampe!«

Der Transportchef mobilisierte einen Werkbus. Als sie über die nächtliche Straße sausten, sagte Kyber zu Superhirn: »Wenn wir da nur nicht auf einen ‚Holzdampfer' geraten! Diese Sache mit den Blasen-Luftschiffen...«

»Aber die hast du doch selber bestätigt!« verteidigte sich der Junge. »Anfangs war das sogar eine Weltsensation: Luftschiffe mit Hüllen aus elastischer Luft! Daneben gelang es der Firma ja auch, Luft zu härten! Denk doch an den unsichtbaren Kasten des Modells, den Gérard von der Tante bekam! Otello hat damit geübt!«

»Abgesehen davon, daß sich die Blasenluftschiffe und die Hartluft-Garagen nicht bewährten — wir entwickeln zusammen mit der deutschen Versuchsanstalt in Köln sehr erfolgversprechende Solus-Luftschiffe. Und ich wüßte nicht, weshalb man noch ein Morton-Stilkins-Schiff eingesetzt haben sollte, um den SILBERBLITZ zu entführen. Das wäre, als baute man einen Riesentanker zum Abtransport einer Schuhsohle!«

Es war 2 Uhr 30 in der Frühe, als die Passagiere des Institutsbusses auf dem Buronner Rangiergelände mit der Expertenkommission zusammentrafen. An den Arbeitsstellen strahlten blendend helle Scheinwerfer. Der Unfall-Sachverständige hatte den BLITZ II bis vor die Ampel zurückfahren lassen. Bahnmeister Franc Brasser, einige Arbeiter und Herr Flacfloc mit seiner Dogge waren zur Stelle.

Wieder beschworen die Männer, den verschollenen SILBERBLITZ hier gesehen zu haben.

»Und Otello schlug meinen Hund mit einer Brechstange!« beharrte der Doggenbesitzer. »Hier der Beweis: Otellos Handschuh! Es wimmelten mehrere Leute um den SILBERBLITZ herum, aber keiner vom Rangierbahnhof!«

»Klar!« sagte Superhirn zu der Gruppe, mit der er gekommen war. »Das Blasenluftschiff stand über dem Gleis, man hatte die Hartluft-Gondel runtergelassen — und der SILBERBLITZ war da bereits hineingefahren wie in ein Depot! Monsieur Flacfloc sah die Hartlufthülle nicht! Die Hülle wurde rasch hochgezogen, nachdem die Lokscheinwerfer ausgeschaltet worden waren. Nur Otello blieb. Er täuschte mit einem kleineren Luftfahrzeug und Buglichtern den einfahrenden Zug an der Rampe vor.«

»Welches Interesse bestand aber an einem Müllzug?« fragte der Professor kopfschüttelnd.

»Habt ihr im Forschungsinstitut nicht auch Geheimprojekte, Onkel Victor?« fragte Superhirn zurück.

»Donnerwetter!« entfuhr es dem Transportchef. »Ja, es bestand der Plan, Kunstkeime für Plantagen in Wüstenzonen hier zu verladen. Das war ein Staatsprojekt! Kommerziell genutzt, wäre das eine Sache mit Milliardengewinn gewesen! Wir wählten dann aber doch den Straßentransport und ließen die Fracht in Paris ausfliegen. Das war aber bereits Ende Mai!«

»Und jemand muß nach wie vor auf den Zugtransport getippt haben!« erklärte Superhirn. »Vor allem schon deshalb, weil die Telepässe als Spielkarten eingeführt worden waren! Darin sah man ein Signal! Und welches konnte der Stichtag sein? Der, auf den die letzte Karte der letzten Serie fiel: Pik-As!«

Über die Gleise schwankten Schatten. »So, da wären wir!« grollte die mächtige Stimme von Kommissar Rose.

Bahnmeister Brasser hob seine Lampe und leuchtete einem verstörten jungen Mann ins Gesicht, der von Polizisten flankiert wurde.

»Otello!« schrie Brasser. »Du Schuft!«

Monsieur Flacflocs Dogge heulte auf, und der Pudel bellte, als gäben sich Gespenster ein Stelldichein.

Rose berichtete, daß die Morton-Stilkins-Tochter tatsächlich in Madame Ladours Heim eingeschleust worden sei:

»Die Direktorin war die Komplizin der Pleite-Firma. Die Morton-Stilkins-Leute hatten von der Produktion sensationeller Nutzpflanzen in Brossac Wind gekriegt. Sie wollten die Keime für ein weltweites Geschäft schnappen. Dazu brauchten sie einen Mittelsmann, und den glaubte Madame Ladour in Otello gefunden zu haben. Otello und sein Freund Alfons ahnten nicht, daß tatsächlich nur Müll in den SILBER-BLITZ-Containern war. Sie vertrauten der Magie der Karte Pik-As!«

»Das taten die Engländer aber auch!« rief der verhaftete Alfons über die Schulter seines Kollegen hinweg.

»Ja!« bestätigte Otello in jammerndem Ton. »Sie lauerten im Massif Central mit ihrem letzten Blasen-Luftschiff. Ich mußte ihnen Streckenpläne, Fotos und Zeichnungen vom Rangierbahnhof liefern. Und ich habe nicht versagt! Nur der Bengel, dieser Superhirn, machte mir beinahe einen Strich durch die Rechnung, weil er in der Nacht mitfahren wollte!«

»Und Sie redeten sich mit Ihrem Motorrad heraus?« fragte der Sicherheitsingenieur. »Hatten Sie das wirklich im Führerstand der Lok?«

»Das lag schon im Meer, Sie großartiger Aufpasser!« höhnte Alfons. »Auch 'n alter, ausgebauter Zugbegleitersitz und noch ein paar hübsche Beweise!«

»Und ich«, rief Otello in traurigem Stolz, »ich bin genau in die unsichtbare Gondel gefahren, die das Luftschiff aufs Gleis bugsiert hatte! Und während das Ding samt dem Zug schon hochgezogen wurde, stieg ich in ein Schwebemobil um, das die gleiche Scheinwerferstellung wie der SILBERBLITZ hatte: Alle Arbeiter und der Bahnmeister sind darauf reingefallen!«

»Wenn meine Dogge nicht nur beißen, sondern auch reden könnte ...«, begann Monsieur Flacfloc, doch Brasser unterbrach ihn:

»Was denn, Otello?! Als ich aus dem Stellwerk guckte, bist du mit so 'ner komischen Luftblase dem Geistertransport nachgeschwebt? Aha! Und die Lok hat man aus dem Hauptschiff ins Meer geworfen, damit's nach Unfall aussieht!?«

»Du merkst auch alles!« sagte Otello mürrisch. »Leider hatten sie die Felswand verfehlt, sonst hätt's noch 'n paar schöne, echte Kratzer gegeben!«

»Na, und auch sonst hat einiges nicht geklappt«, mischte sich der Kommissar ein. »Otello hatte Probleme mit dem Schwebemobil. Er kam nicht gut damit zurecht, zumal er durch den Hundebiß behindert war. So wurde er nach Tribourg abgetrieben.«

»Weiß ich, wo das war!« schrie Otello. »Das Schwebekissen drehte sich dauernd um seine Achse. Dabei verlor ich meinen Helm! Und als ich im Massif Central runterging, wollten mich die Morton-Stilkins-Leute killen. Alfons hatte den ersten Container schon aufgestemmt, aber was sie fanden, waren keine ‚Keimkraft-Diamanten', sondern Müll! Wir sind dann ausgerückt. Wir griffen uns das erste beste Motorrad und fuhren wieder hierher! Denn wo sollten wir unterkriechen?«

»Bei Ihrer Tante sicher nicht«, brummte Gérard. »Die Tante glaubte, Ihre Modellbahn-Übungen seien Teufelswerk. Eine fromme Dame!«

»Und Susanne hat das Verlobungstheater geahnt, ohne sich's einzugestehen«, vermutete Tati.

»Nun, die Hintermänner kriegen wir auch noch«, sagte Rose. »Übrigens, Otello — wer hat Ihnen den wahnwitzigen Gedanken eingeblasen, sich mit Madame Ladour und der Morton-Stilkins-Tochter fotografieren zu lassen?«

»Ich!« triumphierte Otello. »Ich hab 'ne Kamera mit Selbstauslöser. Und ich wollte das Foto haben, damit die Herrschaften nicht ableugnen könnten, mit im Bunde gewesen zu sein!«

»Aber nun können Sie es auch nicht ableugnen!« murmelte Henri. »Das war schlecht gepokert!«

»M-m-man soll eben nie auf die falsche Karte setzen!« rief Prosper. Und Micha fügte hinzu: »Schon gar nicht auf Pik-As . . .!«

Auf die falsche Karte setzt auch ein Laborassistent, der im folgenden Band dieser Serie

Stoppuhr des Grausens

einen Bio-Filter aus dem Staatlichen Forschungsinstitut in Brossac entführt. Dort bahnt sich eine Katastrophe an: Mitarbeiter des Instituts, Polizisten und ihre Suchhunde, schließlich sogar der mit der Untersuchung des Falles beauftragte Kommissar beginnen zu schrumpfen! Und der unheimliche Schrumpfungsprozeß wird sich fortsetzen, wenn Superhirn und seine Freunde nicht das rettende Laborgerät finden, das den Minigestalten wieder zu ihrer normalen Größe zurückverhelfen kann! Die Jagd auf das entwendete Laborgerät beginnt. 24 Stunden haben Superhirn und seine Freunde Zeit, um die drohende Selbstauflösung der Betroffenen zu verhindern ...

fischer-fiction

Rolf Ulrici

Raumschiff MONITOR

Science-fiction-Serie

Das hätten sich die vier Jungen und das Mädchen Tati, die am Golf von Biskaya zelten, nicht träumen lassen: daß sich ihr gemütliches Ferienleben unversehens in aufregende Weltraumabenteuer verwandeln würde! Unter einer baufälligen Hütte im Hochmoor entdecken sie eine geheime unterirdische Raumstation, und der weltfremde Gelehrte, dem die Hütte gehört, erweist sich als der mächtigste Wissenschaftler der Welt. Professor Charivari wird ihr Freund; mit ihm erleben sie aufregende Abenteuer im Kampf gegen Raumpiraten und wildgewordene Roboter, gegen angriffslüsterne Riesenhaie und die meuternden »Gelbdreßmänner«!

Geheimer Start
Verfolgungsjagd im Weltall
Raumschiff verschollen!
Start zur Unterwasserstadt
Auf neuem Kurs
Landung auf der Raumstation

W. Fischer-Verlag · Göttingen